七つの海より遠く

和泉 桂

幻冬舎ルチル文庫

CONTENTS ✦目次✦

七つの海より遠く

✦カバーデザイン=吉野知栄(CoCo.Design)
✦ブックデザイン=まるか工房

イラスト・コウキ。✦

七つの海より遠く

波と波がぶつかり、砕け、白い飛沫《しぶき》を作る。青い青い、海。故郷ではこんなに綺麗《きれい》な海を、見た記憶がない。

「ノエ……起きてる？」

夏河珪《なつかわけい》が手を伸ばして触れた小さな掌《てのひら》には、もうあまり力が入ってないようで、体温だってだいぶ下がってしまっている。

「寝たらだめだよ。手を放さないで」

「……うん、珪……」

返事をするノエの声が心なしか細く感じられるのは、無理もない話だ。いくら彼が客船で甲板員の見習いとして働き、同年代の子供よりも体力があったとしても、まだ十歳にも満たない。嵐の吹き荒れる海に投げ出され、命辛々《からがら》こうして珪と二人で木材を見つけてそれに摑《つか》まるのが精一杯なのだろう。

思い出すだけで心が冷えるような、凄《すさ》まじい嵐だった。

珪の乗っていた蒸気船・サンライズ号は、欧州を目指しての航海の八日目に嵐に巻き込まれたのだ。

荒れ狂う暴風に流されて岩礁《がんしょう》に打ちつけられ、翻弄《ほんろう》され……鋼鉄製の最新鋭の船さえも、大嵐の前には無力だった。

たまたま甲板にいてノエともども海に投げ出された珪は、かつて甲板だった板に摑まり、こうして辛《かろ》うじて生き延びている。

サンライズ号は船客を満載にしていたが、皆は助かったのだろうか？　挨拶をしたり食堂で一緒になったり……そうしたささやかな繋《つな》がりしかなくとも、見知らぬ相手ではない。離れてしまうと、彼らの無事が案じられた。

「ノエ」

手を伸ばして、少年の褐色の手をぎゅっと握り締める。対するノエの手指の力はひどく弱く、彼が体力を消耗しているのを如実に感じた。

嵐のあいだ、ずっと板に取り縋《すが》って耐えていたのだ。十七になる珪でさえもやっとの思いなのに、体力で更に劣るノエが持ちこたえていることのほうが奇跡だ。

台風一過と呼ぶべき青空の下で、陽光に容赦なく炙《あぶ》られる。衣服が乾くのは有り難いが、喉《のど》が渇いて仕方がない。水の一滴も、食料の一欠片《ひとかけら》もない状況だ。

ほんの一口でいいから水が欲しくて、食道のあたりがひりひりと痛んだ。

ノエの手を摑んだままぐるりと首を回すと、周囲には見渡す限りの滄海《そうかい》が広がっている。笑えるくらいにだだっ広く、水平線以外には何もない。船の一隻でも見えれば救いになるが、その兆しさえなかった。

このあたりの海域は潮流が複雑だ。どこまで流されているかなんて、知るすべもない。

このままずっと海水に躰《からだ》を浸していても、体力が奪われる一方だ。昼間の今はまだいいとして、夜になったら？　鮫《さめ》だっているはずだし、このままでは死んでしまうのは目に見えていた。

「ねえ、起きて。ノエ、寝ちゃだめだよ」

「うん……」

遠くで何か音がしたような気がして、珪は不自由な体勢で視線を巡《めぐ》らせる。

物音は次第に騒音に変わり、近づいてくる。

やがてそれが何であるかは判明した。

小型の飛行艇《ひこうてい》だ。プロペラがついた最新型の機体で滑走路が必要なく、水陸両用、狭い場所や船上でも離発着できると科学雑誌で読んだ覚えがある。

まさか、珪たちを助けに来たのだろうか。

板の上に両腕を突き、躰を伸ばして上空を見上げる。真上を旋回する飛行艇から男が身を乗り出し、眼下に広がる海を眺めているのがわかった。

飛行艇のプロペラが起こす風圧で波が起き、飛沫が顔に勢いよくかかって目を開けていられないくらいだ。

これぞ天の配剤だ。今を逃《のが》せば、ほかに助かるチャンスはないだろう。

「助けて！」

珪はここぞとばかりに大きく手を振ったが、飛行艇の乗員は特に反応を示さなかった。何ごともなかったように、元来た方角に飛び去ってしまう。

――そんな……。

見捨てられたのだ。

もう死ぬしかないと打ちひしがれた珪は、再びプロペラ音を聞いても反応しなかった。

どうせ、単なる難破船の見物に違いない。期待したって無駄だ。

しかし、そうではなかった。大きく旋回した飛行艇は、高度を落としつつ戻ってきたのだ。

先ほどの比ではない激しい風圧に、珪は目を眇《すが》める。頭上から太いロープが落とされ、珪の手に触れた。着水してしまうと再浮上にエネルギーがいるので、燃料の制約上、こうして引き上げるほかないのだろう。

「上がってこい！」

飛行艇から聞こえた怒鳴り声は、切れ切れの英語だった。

よかった、英語なら通じる。

「まずはこの子からです！」

怒鳴り返した珪は、ノエの躰にロープを巻きつけようとする。板が揺れてノエが目を覚まし、上手《うま》くできない珪の代わりに彼が自分で器用にロープを結ぶ。

「ノエ、怖いかもしれないけど動かないで」

「うん」

この高度から落ちたら、怪我《けが》ではすまないと緊張する珪をよそに、少しずつノエが引き上げられていく。彼の手が飛行艇の乗降口にかかり、誰かががっしりとその躰を抱き締めるのがわかった。

よかった。彼だけでも、助けられた。

そんな安心感のせいだろうか、ふっと意識が遠のいた。

「ッ」

一瞬、口まで躰が沈み込む。

慌てて水を掻《か》いて顔を外に出したが、摑まっていたはずの板は既に流されてしまっていた。泳がなくてはいけないのに、じっとりと濡《ぬ》れた女袴《おんなばかま》が足に絡《から》まって自由に動けない。革の長靴《ブーツ》がやけに重く、水を蹴るにも不向きだった。

男のくせに、こんな格好をしていることが悔やまれる。

「ううっ……」

誰か助けて、と口にしたいけれど、誰に言えばいい？

こんな南の海の藻屑《もくず》になって消えるなんて、嫌だ……。

息をしようと口を開けると、水を飲んでしまう。塩辛さが喉に染《し》みたが、すぐにそんな些《さ》事《じ》はどうでもよくなった。

一度脱力してしまうと、まるで一塊の肉にでもなったかのように、全身が海中に引き込まれて沈んでいった。

頭上から光がきらきらと差し込む海の中は、蒼《あお》一色の世界だった。

息が苦しいけれど、すごく綺麗だ……。

くろぐろとした濃い蒼から、水面に近い部分の淡い蒼まで。

ああ、もういいのかな。

ここで諦《あきら》めても。

少なくともノエだけは助けられたわけだし……倫敦《ロンドン》へ行かずに、ここで鮫の餌《えさ》になっても。

最後に父さんにもう一度会いたかった。それだけが、心残りだ。

そう思った珪の目の前に、無数の泡と一緒に何かが落ちてきた。

宝石のように煌《きら》めく、美しいもの。

「………」

陽射しに透ける髪が光輪にも見えて、神々しいくらいだ。

水を掻いて潜ってくる男の姿は、お迎えに来た天使にしてはやけに逞《たくま》しく力強かった。

苦しさゆえにごふっともう一度珪が息を吐き出すと、生じた泡が水面に向かって消えていく。

青年の彫りの深い顔立ちは整っていたが、鑑賞しているだけの余裕はない。

力強く泳いできた上半身裸の青年が、なおも沈んでいく珪に手を伸ばす。

間に合うわけがない、そう思ったのに……指と指が、触れた。

惹《ひ》かれるようにそっとその手に触れると、彼がぎゅっと珪の腕を掴んだ。

そのまま強く水を蹴り、青年は水面に浮かび上がろうとする。

誰？

朦朧《もうろう》とした珪の思考は切れ切れで、次に意識を取り戻した場所は水の中ではなかった。

誰かの胸に抱き込まれていて、それがあたたかくて気持ちいい。

「何てこった」

相手が小さく呟《つぶや》くと、彼の筋肉が震えるのがわかった。それくらいに相手の躰と自分の躰とは、ぴたりとくっついている。

「どうしたんです、船長」

「美人だ。ついに人魚姫を拾ったかもしれない」

プロペラ音に負けじと怒鳴り、身を離した男が珪の心臓に耳を当てる。ついで彼は珪の頬《ほお》を濡れた両手で包み込み、唇にやわらかなものをぶつけてくる。

何だろう、これ。

やわらかくて、まるで痺《しび》れるみたいだ。

それでいて、すごく甘い……。

「人工呼吸はいらないんじゃないですか？」

からかうような、誰かの声。

「そうだけど、随分呼吸が弱い。折角《せっかく》海に潜って攫《さら》ってきたんだ。死なれちゃ困る」

彼がそう囁《ささや》いて、珪の額《ひたい》に張りついた前髪をそっと掻き上げた。

「そうだろ、人魚姫」

最後の言葉は自分に向けられているのだ。そう直感した。

「違うよ」

自分でもびっくりするくらいに、弱い声が漏れた。

「ん？」

「人魚なんかじゃ……」

もしそんな伝説の生き物だったら、海に沈んだりしないで自由に泳げるはずだ。そう言い返そうと思ったが、珪の意識は闇《やみ》に引きずり込まれていく。

珪の手に触れているものがやけにあたたかくて、今はこの体温だけが自分をこの世界に留《とど》めてくれるように思えた。

1

聖暦《せいれき》一八九五年　初夏。

「あのさ、珪。おまえはどうしてああいうことするんだよ」

同級生で寮でも同室の鈴山《すずやま》の呆《あき》れたような声音に、夏河珪《なつかわけい》は眉《まゆ》を顰《ひそ》める。

帝都にあるこの全寮制の私立開山《かいざん》高校では、広大な学校の敷地に寮が併設されている。授業もとっくに終わり、二人は肩を並べて自室へ戻るところだった。

放課後いっぱい使って反省文を書かされているあいだに、陽はすっかり傾き、ねぐらに帰ろうとする雀《すずめ》たちがうるさく鳴いている。

帝都の夏は、今年もひどく暑いと予想されている。六月に入ると衣替えで学生服ではなく白いワイシャツに黒いズボンという服装が許されるが、梅雨時《つゆどき》ともなれば天気のいい日は蒸し蒸しする。夕刻の今でも、脱皮したばかりの蛇のように、湿気があちこちにぬるぬると纏《まと》わりつく。

「ああいうことって、何?」

珪は学校指定のシャツの裾《すそ》を摘《つま》み、忙《せわ》しなく前後に動かして膚《はだ》と服地のあいだに風を送り込む。すると綿生地が引っ張られたせいで、腹部がちらりと見えてしまう。

それが目に入ったらしく、真横を歩いていた鈴山はあからさまに渋い顔になった。

言いたいことはわかっている。

中性的な容貌《ようぼう》の珪は学内でも人気があるし、迂闊《うかつ》な隙《すき》を見せては襲われかねないと思っているのだろう。これが男子校の面倒なところで、新設校とはいえ、昔ながらの衆道《しゅどう》の風潮があるのだ。とはいえ、衆道どころか初恋さえ、珪には未知のものだった。

「珪、そういうのよせよ」

「ひゃっ」

剝《む》き出しの脇腹《わきばら》に触れられて、思わず高い声を上げてしまう。

「おまえ、本当に触られるのだめだよな……」

いっそ感心するぜ、と鈴山が呟いたので、珪は反論の声を上げる。

「仕方ないだろ、くすぐったいんだもの」

「どこを触られてもくすぐったいって言うじゃないか。少し我慢しろよ」

「生まれつきだよ、こればっかりは」

ぶつぶつと文句を言う珪を見やり、鈴山は大袈裟《おおげさ》にため息をついた。

「とにかく、だ」

話が戻りそうな嫌な予感に、珪は微《かす》かに眉根《まゆね》を寄せる。

「さっきまで反省文書かされてたくせに、忘れるなよ。今日の長沢《ながさわ》の授業。ありゃないって話だ」

普段は鈴山自身が喧嘩《けんか》早い行動派のくせに、くどくどと注意するなんてまったくもって彼らしくない。それだけ心を痛めてくれているのだろうが、珪だって同意できることとできないことがある。

「だって、嫌なんだ。新旧二つの世界のどちらにも与《くみ》さず、我が大日本帝国は第三勢力として一致団結して戦おうなんて……わざわざ戦う必要なんてないのに」

珪が断固として自分の主張を変えないのに即座に気づき、鈴山は「そうだけどさあ」と諦めた様子で呟く。

「そんなのは、みんなわかってる。でも、長沢はえらくしつこいだろ。おまえにも、英国帰りのせいで妬《や》いてるのは見え見えだし。適当に流しておけばいいじゃないか」

「黙っていられないことだってあるよ」

珪のはっきりした意見を聞き、鈴山は苦笑する。

「珪は可愛い顔して強情だよなあ。おとなしそうに見えて行動派だし、白黒はっきりさせないと気が済まないし。絶対苦労するぜ、その性格」

「苦労するのはいいけど、強情さと顔は関係ないよ」

珪が軽く鈴山を睨《にら》むと、彼は「関係あるって」と目に見えてにやついた。

「おまえは我が校の誇る大和撫子《やまとなでしこ》だぜ？　もっと自信を持てよ」

「そんな自信、持ちたくないよ。最初に女装させたのは鈴山じゃないか」

からかうような口調に、珪はつい本気で取り合ってしまう。

「似合うんだし、それぱっかりは仕方ないだろ」

二言目どころか、一言目に必ず可愛いと言われてしまうこの顔は、珪にとって悩みの種だ。詰《つ》め襟《えり》の学生服だってそれなりに似合っているはずなのに、受けが一番いいのは女装したときなのが、ひどく頭が痛い。

「……だいたい、男子校で女装コンテストなんて間違ってる」

ぶつくさと文句を言う珪を見て、鈴山はくっくっと肩を震わせて笑った。

珪は二年連続で文化祭の大和撫子コンテストなる行事に駆り出されて優勝してしまい、今年の秋は前人未踏の三連覇をするのではないかと噂《うわさ》されている。前人未踏なる称号は、新設校ではさほど珍しいものではないが、とても不本意な下馬評だ。

「確かに、ほかの連中がむさ苦しすぎるとは思うけどな」

「あれは衣装と君の努力の賜物《たまもの》だよ。君の妹の手柄であって、僕の手柄じゃない」

「今年も十分いけるぜ。そのために髪を伸ばしてるんだしさ！　今年の賞品は『野分《のわき》』のあんみつ食い放題だって噂だし、また頑張ろう！」

ぐっと右手を握り締める鈴山を見やり、珪は苦笑する。それに関して、もう文句は言えそうになかった。

顔立ちを褒められるのは、正直、慣れている。

母親譲りの色白の膚。黒目がちで少し垂れた優しい眦《まなじり》に、細くかたちのよい眉。桜色の唇。それでも、女装コンテストで去年と一昨年《おととし》優勝したのは、鬘《かつら》まで揃《そろ》える鈴山の準備のよさも評価されたのだと思っている。ほかのクラスは笑いに走るような女装ばかりで、真面目に取り組んだのは下級生くらいのものだった。今年は髪を伸ばして有終の美を飾ろうと言われ、慌てて伸ばしかけているものの、当のコンテストには間に合いそうにない。少々中途半端な髪型になっており、今年も鬘が必要になるだろう。

尤《もっと》も、ぶつくさ言いつつも、鈴山に強要されているわけではない。彼は気安く楽しい男だったし、日本に身寄りのいない珪をいつも案じてくれていると知っていたからだ。

他愛のない内容を話しているうちに寮の部屋に到着し、珪はからりと戸を引く。室内を一瞥《いちべつ》して珪が眉を顰めたのは、何とも言えない違和感を覚えたためだった。

基本的に互いを尊重し合う寮では、部屋に鍵はついていない。盗まれるような貴重品を所持している者もいないせいだ。

「何だ、珪」

戸口に立ち尽くしたままの珪の肩越しに、ぬっと鈴山が顔を突っ込んでくる。

「あ、ごめん。誰かが部屋に入った気がしたんだ」

あたりを見回しつつ珪が先に入室すると、鈴山もついてきた。

「ホントか？　よくわかるな」

鈴山はきょろきょろとあたりを見回し、だらしなくものが積まれた自分の机を眺める。彼の机といえば、まるで泥棒に引っかき回されたあとのようだ。

「何となくだけど……雰囲気で」

この高校の寮では二人部屋が基本で、二つ並べられた鈴山と珪の机は対照的だ。

常にきっちり整理整頓された珪の机と、ものが無秩序に並べられて帳面を開くたびに場所を空けなくてはいけない鈴山の机と。

珪自身が几帳面で真面目と言われたこともあるけど、どちらかというと、鈴山が適当すぎるのだ。

「何かなくなったか？」

「ううん、今は……」

教科書の並び順、帳面の冊数、何もかもが昨日と同じなのに、どこかに違和感がある。

その思いはいわゆる勘の部類に入るものの、すぐには消し去れない。珪は表情を曇らせたまま自分の引き出しを開ける。

「あっ！」

思わず声が出てしまったのは、しまい込んでいたはずのものが消え失《う》せていたせいだ。

「どうした？」

「ない……」

取りつくように引き出しを摑んでそれを逆さに振ってみたが、やはり、ない。

急いで他の段を開けてみたものの、そちらは紛失したものはないようだ。

「どうしたんだよ、珪」

「――父さんからの手紙がないんだ」

「夏河博士の⁉」

煎餅蒲団《せんべいぶとん》に寝転んでいた鈴山が、がばっと身を起こした。

「うん。まとめて紐《ひも》で結わえてここに入れておいたのに、どこにもない」

往生際悪くもう一度引き出しの中を探ったところで、見つからないものは見つからない。

そうでなくとも船便で届けられる短い手紙は覚えるくらいに読んだけれど、大事なものがなくなっているのは、気味が悪かった。

それに、父の夏河義一《ぎいち》はただの研究者ではない。英国政府に直々《じきじき》にスカウトされて、今も英国で研究を続ける天才科学者としてその名を斯界《しかい》に轟《とどろ》かせている。

「何か大事なことが書いてあったのか？　研究の進捗《しんちょく》とか……」

「少しは書いてあったけど、表向きに発表してるものと変わらないよ。その点は父さんは慎重だし、機関《エンジン》については国家機密だ。手紙に機密事項なんて絶対に書かないよ」

珪は力を込めて反論する。

確かに父は暗号文で手紙を送る方法を決めていたが、使ったことはない。

信書を盗まれたという異変が、まるで棘《とげ》のように珪の心をちくちくと刺す。それに気づいているのか、鈴山が「そうだよなあ」とやけに真面目な面持《おもも》ちで口を開いた。

「夏河博士の関わっている機関は聖紀《せいき》の研究って噂だ。おまえが妙な連中につけ回されたりするのも、その成果を狙《ねら》ってのことなんだろ？」

「だと思う……」

悄然《しょうぜん》と肩を落とした珪は、そのまま木製の椅子《いす》に座り込む。

最新型の蒸気機関で羽根が回る仕組みの扇風機が、ぐおんぐおんと大きな音を立てて動いている。石炭を燃やすため涼風と同時に熱が生まれるので、それを相殺《そうさい》するのにかなりの涼風が必要となり、結果として莫大なエネルギーを必要とするせいだ。燃やされた煙突の煙を空高くに排出するので、ここ十年ほどで帝都には煙突の数がどっと増えた。空気が澱《よど》んできたのを少しでもましにするため、煙突の本数や太さによって加算される煙突税なるものも誕生したくらいだ。

『十九聖紀は機関《エンジン》の時代である』

昨日読んだ本の序文にも大書されてあったとおりに、この世界を動かす動力源は機関だ。

十八聖紀に発明された蒸気機関により、産業革命は大英帝国にて大きな進展を見せた。石炭を燃やして、水を沸騰させると蒸気が生じる。その蒸気の圧力でピストンを動かし、いろいろな機械の動力とする――これが蒸気機関だ。蒸気機関はすぐに様々な改良を施され、主として欧州の人々の生活に新しいエネルギーをもたらした。

だが、大日本帝国の人々は文明の進歩から隔絶されていた。政府の方針で、長いあいだ、鎖国していたためだ。

そのうえ、日本が国を閉ざしているあいだに、世界は大きく二つの派閥に色分けされていた。

すなわち、大英帝国を中心として旧来の欧州中心の国際社会を作り出そうとする『旧世界』と、米国を中心として新しい国際秩序を作り出そうとする『新世界』と。

世界が急速に狭くなり争いが増えた理由、そこには蒸気機関の存在があった。

そう、蒸気船だ。

蒸気機関の導入により、船はまさしく風任せの原始的な航行方法より解放され、これまでよりもずっと安定的に長距離の航海ができるようになった。けれども、それはすなわち他国への侵略を容易にし、領土拡張戦争を再燃させた。そんなときに、航海上の燃料や食料の補給地として米国が日本に目をつけた。

斯《か》くして日本は米国により半ば無理やり開国を迫られたものの、地理的に中途半端な場所にあるせいか独特の文化が発展しているうえ、開国から三十年も経つのに蒸気機関も普及しきっていない。そのうえ無理に色分けを迫っても均衡が崩れるとの思惑が働き、日本は中立国のままでいるのを許された。

新世界と旧世界、そして第三の極である日本。

その三つがバランスを取っている中で、日本は取り残されていると憂い、あえて火中の栗を拾いたがる連中がいるのも確かなのだ。

——この混沌《こんとん》の時代であるがゆえに、我々は立ち上がらねばならない！

今日の授業で拳《こぶし》を握り締めて熱弁をふるった若い教師がその典型で、珪は思わずそれに反論してしまった。

作るべきなのは戦争のない、平和な世界だ。すべての人々の心が満たされれば、争いはきっとなくなる。

そしてその新しい世界を作るものこそが、機関だと信じている。より効率よく動力を生み出せる機関を作れれば皆の生活はより恵まれたものになり、心を豊かにしてくれるはずだ。石炭や少ない資源を巡って争わなくてもいい時代も来るだろう。

理想主義の優等生だと陰口を叩かれようと何だろうと、珪はその夢を信じていた。

争いなんて、馬鹿げている。それぞれが相手を尊重して生きていけば、世の中はもっとよくなるに決まっていた。

「どうする？　舎監に話してみるか？」

「うーん……」

珪は考え込む。

もし何か異変を感じたら、いつでも逃げなさいと義一には言われていた。義一の研究は実用的なだけでなく、他国にも狙われるような先進的なものだ。珪を一人きりで日本に帰したのも、人質にされるのを恐れたためだろうと、この年になると朧気《おぼろげ》ながら理解できてきた。

だが、いくら何でも手紙を盗まれたくらいでは異変とは言い難い。警戒しすぎだ。

もっとぞわりと背筋が震えるような何かが起きなくては。

無論、鈴山に相談すれば、考えすぎだと笑い飛ばしたりせずに、真っ向から受け止めてくれるだろう。一年生の頃、学校で誰かに見張られている気がすると珪が打ち明けたときも、鈴山は気のせいだなどと一度も言わなかった。二人で考えた末に、父が英国大使館に勤める青木《あおき》という同級生が見張っているのではないかとの結論に達した。当時も、どうして信じてくれたのかと問うたところ、あっさりと「おまえは人を無闇に疑うやつじゃない。おまえが言うなんてよっぽどだな」と教えてくれた。

「やっぱり機関のせいかな……便利でいいんだけどなあ」

慨嘆《がいたん》するような鈴山の声に、少しだけ、気持ちが解《ほぐ》れてきた気がする。

「そうだね……」

家庭内はもちろん町中から工場に至るまで、ありとあらゆるところに大小様々な蒸気機関が設置され、日夜エネルギーを生み出している。それは珪が子供の頃以来見慣れた光景だったが、父の義一によると、昔の大日本帝国にはそんなものはなかったのだという。

——あれは魔法みたいだったよ、珪。世の中が全部変わってしまったんだ。

子供みたいに好奇心旺盛な父は、目をきらきらさせて言った。

——今度は私が世界を変えたいんだ。この世界を便利で快適なものにしたい。

父が作った装置を、息子の珪が法律で守る——それこそが、珪が幼心に抱いた大望だ。生憎《あいにく》科学知識は皆無で、珪の関心は法律や経済学に向いている。大学もその学部を選ぶつもりで、来年の選抜試験に向けて準備に余念がなかった。

その最中での手紙の紛失事件は、珪の心を妙に騒がせてやまない。

部屋の外から忙しない足音が聞こえてきて、珪は何げなく振り返った。

「夏河！」

有無を言わさずに室内に走り込んできたのは五十代の舎監で、走ると表現するよりも必死で足を前に出すとの形容が相応《ふさわ》しい鈍重さだ。おかげで夜間に無断外出しても、捕まった者はいないとの伝説の持ち主だった。

「はい」

「おまえに電報だ」

舎監は真面目な顔で、質素な封筒を差し出した。

「電報、ですか」

ばくんと心臓が震える。

「そうだ」

差出人名は英語、こんなときに電報が来るなんて。

「ありがとうございました」

ぎくしゃくと封筒を受け取った珪は、部屋の戸を閉めた。自分でも不躾《ぶしつけ》と思えるほどに急な動きになってしまったものの、動揺がそのまま態度に出てしまったのだ。

電報なんて、父に何かあったのだろうか。

「おい、珪。電報ってどこから？」

「大英帝国」

そこに書かれた四つの単語を目にし、珪は文字どおり蒼白になる。

「なに？　どうした、珪」

無言のまま、珪は鈴山に向けて電信の印字された紙を差し出した。

——Your father was lost.

君の父親が行方《ゆくえ》不明になった。

前置きも何もなく、その不吉な一文しか書かれていない。

でも、目にした瞬間にぴんときた。
最大の異変が起きてしまった。
逃げなくてはいけない。ここを立ち去らなくてはいけない、と。

2

「うう｜……」

航海八日目。

珪は激しい船酔いに苦しめられていた。ここまで大きな船では酔うほうが珍しいそうで、船客の話ではこの船の最深部であるCデッキの空気の薄さも一因らしい。換気口はあるのだが、どうしたって空気が澱むのは仕方がない。

日本を発《た》って英国に向かう手段は主として船で、昨今流行の飛行船のほうが速いのはわかっているものの、莫大な費用がかかってしまって庶民には無理だ。

船旅ならば特等から三等船室まであり、学生の珪であっても一番安い三等料金なら何とか支払えた。三等船室は船倉にほど近いCデッキと呼ばれる部分で、八人ほどが人数分の狭い寝台だけが据えられた一室で雑魚寝《ざこね》をするかたちだ。夫婦者と家族連れが同室になったので、不安はなかった。

横浜から神戸に向かい、国外での最初の寄港地の上海《シャンハイ》、次の香港《ホンコン》と、中国近辺を航海するところまではよかった。

けれども、赤道直下の暑さはひどく堪《こた》え、船室の饐《す》えた空気も手伝いすっかり調子が悪くなっていた。

青い空も白い雲も、恨《うら》めしいばかりだ。寮の小さな窓から見える、どんよりとした梅雨空でさえも今は懐かしい。

「はあ……」

珪は涙目になって船室の寝台で横になっていたが、ここにいては、ますます具合が悪くなりそうだ。

おまけにこのような巨大な貨客船では、船底に近い船室ほど巨大なスクリュー・シャフトの振動に悩まされ続ける。このスクリューによる推進力こそが、船を帆の呪縛から解放した最たるものだ。恩恵を受けている以上は、多少は我慢しなくてはいけないとはわかるが、ものには限度がある。

……甲板に行こう。

そう思った珪は、無意識のうちに首に触れる。革紐の感触に、ほっと気持ちが落ち着いた。

珪が首にかけているのは三年ほど前、別れる直前に父がくれた真鍮《しんちゅう》のゴーグルだ。市販品と違って金属の部分に様々な装飾が施され、丈夫だし見栄えがいい。学校でもさんざん羨《うらや》まれた逸品だった。

これがあると、安心する。

遠く離れて暮らす父親との絆《きずな》を確かめられる気がして。

行方知れずの父とも、いつか再会できるとの希望を捨てずにいられる。

ゴーグルを指で弄《いじ》りつつ、ふらりと歩きだした珪に、「お嬢さん、大丈夫？」と同じ船室の老女が英語で声をかけてくる。

「ありがとうございます」

船酔いのせいで蒼褪《あおざ》めた珪は、よろめく足取りで部屋を出る。甲板に上がるためには、階段をかなり慎重に上がっていかなくてはいけない。

ぐねぐねとした階段を上がって甲板に辿《たど》り着くと、そこは光に溢《あふ》れていた。

蒸気船は帆を使わないので、外観で一番目立つのはやはり三本の太い煙突だ。そこから四六時中もくもくと黒煙を噴き上げている。

ぐるりと視線を巡らせていると、甲板を散歩している一等船室の人々の声が聞こえてきた。

「だから、君、次は飛行船で世界一周といかないか？」

「まあ、素敵。そのほうが欧州へはよほど早いわね」

どんなお大尽《だいじん》が話しているのかと目を向けると、男性は糊《のり》の利いた純白のシャツの袖《そで》を捲《まく》り上げ、女性はクラシカルで涼しげな麻のドレスに身を包んでいた。二人とも暑いらしく、女性などハンカチーフで頻《しき》りに自分の額の汗を拭《ぬぐ》っている。

甲板にじりじりと日光が照りつけ、照り返しが酷《ひど》くて上下の双方から陽光で炙られる猫のようだ。

こんな船旅、どこまで続くのだろう。どこかで涼しくなってほしいのだが、これから印度《インド》を経由するのを考えれば当面は期待できそうになかった。

「あーあ……」

ため息をついて、珪は手摺《てす》りに凭《もた》れ掛かる。蒸気船が風を切って進むため、頬に空気がぴしぴしと当たって痛いくらいだ。

「珪、どうしたの?」

「うわっ」

生欠伸《なまあくび》をしかけた珪に英語で話しかけてきたのは、家族で旅をしている二等船室の少女だった。おませな彼女は倫敦で大流行という、飛行士服をアレンジしたお洒落《しゃれ》な衣装に身を包んでいる。

彼女は船員の中でもとびきり年少のノエという子供に話しかけていたが、いっこうに取り合ってもらえないせいで飽きてしまったようだ。ノエは見習い船員でもちゃんと仕事を与えられており、船客の気まぐれにつき合って油を売るわけにはいかないのだろう。

ノエはどこかの港で拾われたらしく、まだ十歳にもならないだろうが、懸命に甲板を掃除したりと甲斐甲斐《かいがい》しく働いている。船長を始め乗組員にも気に入られているようで、褒められるとはにかんだように笑い、そのたびに白い歯が零《こぼ》れた。

「憂鬱《ゆううつ》なんだ。船旅が長すぎて」

憂鬱ってわかる？　と確認すると、彼女は曖昧《あいまい》に頷《うなず》く。

「だめね、珪は。私はうきうきしているわ！　外地生まれで、巴里《パリ》も倫敦も初めて」

父の仕事で倫敦に帰る途上の少女は、折角なので巴里を経由して帰るのだという。

「巴里は僕も行ったことがないな」

英語だとあまり言葉遣いに性差がないので、声色にだけ気を遣えばよくて有り難い。

「じゃあ、倫敦は？」

「あるよ。煤《すす》と蒸気の街だ。少し陰鬱だけど、歴史ある街だよ」

月並みな返答だったが、自分の倫敦のイメージはそんなものだ。

「それじゃほかの国と一緒じゃない。蒸気機関なんて、飽きるほど見てるもの」

彼女はつまらなそうにぷうっと唇を尖《とが》らせる。

「そうは言っても、倫敦は蒸気の本場だよ。もちろん、瓦斯灯《ガスとう》もあったけど……」

「あ、倫敦ときたら魔術は？　魔法使いは見かけた？」

「残念ながら、そういう知り合いはいなかったんだ」

「珪ってばつまらないのね」

魔術と科学、二つの相反するものは対《つい》になって発展してきたといわれている。特に蒸気機関の本場である大英帝国では、意外だが未《いま》だに魔術士の勢力が強い。

「それにしても珪、日本の服ってとても暑そうだわ。その格好、どうにかならないの？」

「う」

珪は思わず眉を顰める。

そう、船の中で珪が身につけているのは、いわゆるえび茶式部——つまり帝都の女学生たちが憧《あこが》れる制服だ。おまけに髪をつけ、靴はブーツで、暑苦しくてどちらも脱いでしまいたいという衝動に駆られる。

そもそも珪が女装をして船に乗り込んだのは、鈴山《すずやま》の提案を断れなかったためだ。

同級生の青木《あおき》に見張られている可能性が高い以上、迂闊な動きは英国大使館に筒抜けになる。それに、父が消えたからと真っ正面から英国へ乗り込めば、英国内に足を踏み入れた瞬間に敵に捕まりかねない。

その敵が誰なのかは明確にはわからないものの、仮に英国政府を信用できるのであれば、いくら用心深い父だって珪を手許《てもと》に置いておくだろう。

そうしなかったのならば、当の英国政府が一番怪しい。

それらの可能性を二人で検討し、鈴山は脱出工作と称して珪を自宅に招待した。ちょうど妹も週末に寄宿学校から戻ってくるところで、二人を引き合わせるための名目だ。あとは珪がタイミングを見計らって女装して鈴山家から出かければ、仮に見張られていたとしても、妹と勘違いされるに違いない、と。

逃げるのではなく倫敦に向かうという珪の主張に鈴山は反対したものの、敵の裏を掻けると思ったのだろう。最後には仕方ないと同意を示した。

鈴山の家で珪は半ば強引にこの女学生の格好に着替えさせられ、頭には鬘を被《かぶ》せられた。ついでに撮影した写真を売りたいなどと呟いていたが、それは不問にしておこう。ともあれ、女装した格好で鈴山の妹の旅券を借りて、横浜へ向かったのだった。

実際、攪乱《かくらん》にはなっただろうと確信しているが、問題はそのあとだ。

大きなトランクの中には普通の女物に加えて男物のシャツとズボンも押し込んだのに、それを着る機会はなかった。

米国系の船会社だけに客船に乗っているのは大半が欧州の人間で、日本人はそう多くはない。女学生のスタイルはエキゾチックだと大評判になり、三等船室の貧乏人のくせに船長主催の舞踏会に特別招待されるほどに、珪の女装は目立ってしまっていたのだ。

今更、女装をやめるのは無理だ。

英国は入出国に厳しく下船するときにも旅券を確認されるし、性別が違うと知れれば到着した途端に不審人物として捕まりかねない。

つまり、何とか英国に入国するまでは、珪は女装し続けなくてはならないのだ。

うかうかと鈴山の案に乗ってしまった、己《おのれ》の先見の明の欠如を呪《のろ》うほかない。

「珪。珪ってば」

細い少女の声が、鼓膜を擽《くすぐ》る。

「……ん？」

「どうしたの、ぼーっとしちゃって」

「いや、えっと……」

裏声とまではいかなくても、男性だと気づかれぬためにも意識してぼそぼそしゃべるのは大変で、長時間の会話はかなり疲れる。そろそろ限界だった。

「ちょっと歩いてくる」

「あっ、珪ったら！」

でも、彼女のおかげで気分の悪さをだいぶ忘れられた気がする。

甲板には船客への食事用に飼われている家畜の獣臭さも感じられたが、それでも船室に籠《こ》もっているよりましだ。

少女を置き去りにし、珪は舳先《へさき》に向けて歩きだす。甲板ではノエがブラシを手に、一生懸命掃除をしている。話しかけてはいけない気がしてじっと彼の働きぶりを見つめていると、視線を感じたノエが振り返った。

「珪！」

「掃除、大変そうだね」

「うん、でも仕事だもん」

表情を輝かせたノエははにかんだように俯《うつむ》き、「あのね」と話しかけた。

「ん?」

「これ、あげる」

ノエがポケットの中から出してきたのは、小さなドロップだ。

きらきらと光るドロップを、彼は珪の掌にぽとんと落とす。

「どうしたの?」

「二つ、もらった」

「わあ、ありがとう」

もらってしまっても悪いと思ったが、ノエの気遣いが嬉《うれ》しくて珪はにっこりと笑う。

するとノエは照れくさそうに鼻の頭を掻いた。

「じゃあ、ぼく、まだ仕事があるんだ。一雨《ひとあめ》きそうだし」

「うん」

放り込んだドロップは溶けかけて少しべたべたしていたが、薄荷《はっか》のすっきりした味が口中に広がった。

ノエの言うとおり、いつの間にか、陽射しが急速に翳《かげ》ってきたようだ。不審に思ってぐるりとその場で一周した珪の視界に、もくもくと立ち込める暗雲が飛び込んでくる。

それだけではない。明らかに不吉な黒雲を背に近づいてくるのは、威圧的で不気味な軍艦だった。ドロップをがりっと噛《か》んだ拍子に舌まで歯に挟んでしまい、珪は顔をしかめた。

まだ距離はかなりあるものの、軍艦の黒光りする大砲の砲身は、真《ま》っ直《す》ぐにこの汽船に向けられているようだ。

遠目にもわかるのはマストにはためく赤と青、白で彩られた見覚えのある国旗。

見間違いかもしれないと目を擦《こす》ってみたが、やはり、ユニオンジャックに間違いない。

「あ！」

大英帝国の小型軍艦――フリゲートだ……！

おまけに、さっきから生あたたかい風が強く吹きつけてくる。まるで幽霊でも出てきそうな、息苦しいほどの湿度だった。

風のせいで自分の口の中に鬘の長い髪が入ってきて、薄荷の爽《さわ》やかさを掻き消してしまう。

「見ろよ、珍しいな。フリゲートだ」

「私、軍艦を見るのは初めて！」

親子連れが歓声を上げながら、楽しげにそんな会話を繰り広げている。

「それにしても酷い風だな。帽子が飛んでしまいそうだし、中に入ろう」

「やだよ、まだ見てたい」

「だめだよ、ほら」

嫌な気分だった。そうでなくとも英国政府から逃げている以上は、できる限り英軍とも関わりを持ちたくはなかった。

——落ち着け。

動くのも辛《つら》いほどに気分が悪くなり、ぼんやりと立ち尽くす珪の背後で、甲板員たちが忙しなく行き来している。

「まずいぜ、嵐が来そうだ」

「なにを悠長にやってやがる」

「これ以上速度を落としたら、嵐に追いつかれちまう」

「あの軍艦のせいらしいぜ」

ごく自然に耳に入る彼らのやりとりに、珪は我に返った。

船員たちが言い争う声は険しい。次第に風が強くなってきたようで、珪の着物も風を受けて袂《たもと》がはためいている。

「止まれなんて、どんだけ非常識なんだよ！」

どうやら、あのフリゲートが電信か何かで停船を命じているらしい。それは蒸気機関を止めることにほかならず、彼らは無茶を言うなと憤慨しきっていた。

「この辺は岩礁も多い。何か用事があるなら港でいいだろ⁉」

本当に、船乗りとは思えぬ無茶な発想だ。

最前より振り払おうとしていた嫌な予感が、まるで蛭《ひる》のように自分にへばりついている。早くむしり取ってしまいたいのに、どうしてもだめだ。

ざわっと背筋が寒くなった。

どうして？　英軍は、珪が乗っているのに気づいたのだろうか。

いや、だとしても寄港地で珪を捕《と》らえればいいだけの話だ。こんな強引な手段に訴える理由がない。

「あ、あの」

声が震えたものの、珪は勇気を出して自分の近くにいた甲板員に声をかけた。

「風が出てきたし、お嬢さんも、船室に戻ってろよ」

「でも、速度がだいぶ落ちてきて……」

「あの軍艦のせいだ。いいから、中に入ってな。この嫌な風、こいつはかなり荒れるぞ」

苛立《いらだ》っているらしく、甲板員は落ち着きがない。

「どうして速度を落とさなくちゃいけないんですか？」

「密航者を引き渡せって通達だ。日本人の子供を乗せてるだろうって話でさ。そんなのいちいち探してたら、陽が暮れちまう。次の港でやってくれよ」

矢継ぎ早に捲《ま》し立てられ、珪は「そうですよね」と掠《かす》れた声で同意を示した。

「客が何人いると思ってんだよ」

髭面《ひげづら》の船員がぼやいたそのとき、大粒の何かが頭に当たった。

雨だ。

ぽつ、ぽつ、と落ちてきた大きな水滴は、次の瞬間には圧倒的に数を増していた。

「わっ」

まるで礫《つぶて》のように、雨が首や頭に当たって痛い。船室に入りたいのでドアのほうへ向かうが、横殴りの風が吹きつけてきて歩くのも難しい。とりあえず視界の確保が先決だ。たまらなくなってゴーグルを嵌《は》めようとしたところで、吹きつける風に大きく船が傾《かし》いだ。

「!」

バランスを失って思わず転んでしまった珪は、したたかに膝を打ちつけた。

そのうえ大きく傾ぐ船体のせいで止まっていられず、もう一度つんのめり、鼻を床にぶつけてしまう。

「いたた……」

そうこうしているうちにどんどん風が強くなり、目を開けていられない。

あたりを雷光が照らしだし、恐怖から珪は亀の子のように首を竦《すく》めた。動物たちも不安そうにきーきーと喚《わめ》いている。

黒雲の立ち込める空を、雷光が切り裂く。

早く中に戻らなくては。

そう思って一歩ずつ歩きだしたそのとき、珪は大きな衝撃を感じた。

「うわっ！」

憚《はばか》りなく叫び声を上げた珪は、立っていられなくなって甲板を転げ落ちていく。

――落ちる？

そう、落ちているんだ。

船はもっとゆっくりと難破するものではないのだろうか。

そんな疑問が脳裏に閃《ひらめ》いたものの、次の瞬間、珪は息もできないほどの激しさで、水面に打ちつけられていた。


「あーあ……どこかに冒険でも転がってないかねえ」

両脚を机上にだらしなく投げだし、大きく欠伸をするライル・アディクトンを、傍らで航海図を眺めていた副長のルカがぎろりと睨みつける。

二つ年下の副長の言いたい内容はわかっている。

曰《いわ》く、緊張感の欠如。

商船であり鋼鉄と木造で作られたリベルタリア号は中国で大量の荷を積み、今は寄港地である印度《インド》を目指している。

ライルはこの船のオーナーにして船長で、新しい品を見つけて貿易ルートに乗せる才覚は抜群だと仲間内でも評されていた。

「ライル、その勤務態度は何ですか。それでは年少のものに示しがつきません」

思ったとおりの言葉を投げつけられ、ライルはおかしくなって口許を緩めかける。しかし、すぐに「どうして笑うんです？」とルカによって第二撃を投げつけられた。

「悪い悪い」

ライルたちはそもそも一年のうち八割は船上にいるだけに、緊張感を保ち続けるのは難しい。それを言い訳にして船長のライル自ら洗いざらしのシャツを身に纏い、革の長靴の鋲《びょう》もだらしなく外しているせいか、今日はルカの機嫌がひときわ悪かった。

そういうルカも暑さに負けて上着は身につけていないものの、特注のクラバットを締めて、シャツは一番上の釦《ボタン》まできっちりかけている。おまけに左手には黒い革の手袋で、見ているだけでも暑苦しい。

他人の生まれつきの性質にとやかく言うつもりはないが、いつも生真面目《きまじめ》でご苦労なことだ。

「悪いは一回でいいんです」

むっつりとした顔で告げるルカは、様々な人種が入り混じった結果生まれた美麗な顔立ちの主だが、顔を褒めるとたいてい機嫌が悪くなる。

ルカは艶《つや》やかな長い黒髪を首のあたりで結わえ、切れ長の目は淡いグレイ。人の心を見透かすような透き通った瞳だが、その代償として明るい場所に弱い。強い陽射しは滅法苦手《めっぽう》で、陽光の激しい地域に行くときは色眼鏡《いろめがね》をかけることもあった。もともと視力が悪いせいもあり、そのあたりには苦労しているようだ。

見た目から軟弱だろうと判断するのは間違いで、真面目で融通が利かないだけに怒らせると滅法怖い。彼とのつき合いは十数年、できるなら敵に回したくない相手の筆頭に挙げられる。

「だけどさ、何回この航路を行ったり来たりしてると思ってんだ。積み荷は判で押したように紅茶と煙草《たばこ》と綿織物……いい加減飽き飽きするぜ」

「――そうですね」

ルカは渋々ライルの言い分を認め、不承不承頷いた。

「私も退屈だとは思っています」

「だろ！」

昔はよかった、と思い返したライルは頬杖を突く。

借金にまみれてはいたが、二十代初めの頃などは、自分の船を手に入れたのが嬉しくて無茶ばかりやった。捕らえられて罰せられたことがあっても、それも今となっては楽しい記憶だ。

「だからさ、思うんだ。ものすごいお宝を手に入れるか、とびっきり綺麗な人魚姫とでも恋に落ちたいってね」

七つの海を越えてもなお、追いかけたくなるようなお宝に出会えればいい。

「どちらも非現実的な夢ですね」

乗ってくれるかと思いきや、ルカはライルの願望を一刀両断にした。

「おい、そんなあっさり却下しなくてもいいだろ」

「我々は船を手に入れたときから、それなりに堅実に生きる道を選んだのです。あなたにはこの船の乗組員を導く義務がある」

「いや、それはわかってるよ」

だからこそ、たまにはくだを巻くのくらい、許してほしかった。

「あなたに憧れて船乗りになる連中が気の毒です」

「やだな、照れるぜ。けど、スリルも何もないいんじゃや、そろそろ引退か」

くっと自分の眼鏡のブリッジを右手で押し上げ、ルカはライルに向かって冷ややかに宣告する。年下なのに、じつに遠慮のない男だった。

「そもそも、あなたみたいな人が陸《おか》で暮らせますか？　ほかの船乗りならともかく、十の時分から船に乗り、世界中を旅してきたあなたが？」

妥当な指摘にライルは返す言葉に詰まる。おまけに話が即座にもとに戻り、雲行きは怪しくなっていた。

「新人の教育だってまるで終わっていない状況なのを、お忘れなく。この時期に冒険なんて乗り出したら、経験の浅い連中はまず死にます」

この船に五年ほど乗ってくれた機関員が引退し、今回の航海に際し新人が二人増えたばかりだ。船乗りは大変な仕事だし、いくらライルを慕ってくれてもついていかずにやめるものもいる。

リベルタリア号の乗組員は主に機関員と甲板員、通信員で構成され、総勢三十名ほどだ。蒸気船において必要とされる人数は船の大きさに比例し、最も人員が必要なのは蒸気機関を担当する機関員だ。エンジンを動かすために昼夜を問わず石炭を燃やし続けねばならず、なおかつ重労働なので交代要員が多くなる。

積み荷を最大限に積んだうえで、必要最低限の船員で航行する。それこそが、利益を最大にするこつだ。

「おわかりですか?」

「はいはい」

そこまで言わなくてもいいのに、ルカに悪意はないので聞き入れるほかない。

今度は、「はい」は一度でいいと言われそうだ——そう思ったところに、ばたばたと騒々しい足音が聞こえてきた。

「船長！」

静寂をぶち壊すような騒がしさにルカのかたちのよい眉が吊り上がり、彼の怒りの矛先《ほこさき》は不調法に駆け込んできた赤毛の通信員に向かいそうだ。

「もっと静かに」

単に睨むだけではこの図太い若者には通じないと思ったのか、ルカが丁寧にそうつけ加えた。

「よう、ジョシュ、どうした」

陽気な口調でライルがジョシュに顔を向けると、赤毛の青年はその真っ赤な髪に負けじと昂奮《こうふん》に頬を紅潮させる。

「英軍の電信の解読に成功しました！」

「ああ、例のフリゲート宛の。よくやったな」

海は広く誰のものでもないとの建前で、この広い海のどこかを日夜軍艦が行き交っている。とりわけ英国の軍艦の多さは群を抜いており、航海していれば必ずどこかでニアミスする。

今回も視認はしていないが、同じ海域にフリゲートがいるのは知っていた。その船に宛てた電信を密かに傍受したと通信員に聞かされ、ライルは暗号の解読を命じたのだ。

「貸してみろ」

ライルは渡された紙を広げ、一瞥する。

『黒真珠《ブラック・パール》を見失った。六月末に日本を発った船にて欧州あるいは米国を目指す疑いあり。太平洋航路の船はヤンキー・ライオンに注意せよ』

ライルが読み上げると、ルカの表情がありありと曇る。

当然、黒真珠とは暗号名に違いなく、今の顔つきを見るにルカには何やら心当たりがあるようだ。

「差出人は誰ですか？」

ルカの問いに答えたのは、ライルのほうだった。

「黒真珠だのヤンキー・ライオンだの、こんなセンスのないコードネームをつけるのは、おおかた魔術省だろうな。違うか？」

「はい。差出人はサリエルとなっています」

「ク…」

思わずという様子でルカが小さく呟いたので、ライルは厳しく言葉を挟んだ。

「ルカ、あいつの名前は呼ぶな。あの地獄耳、きっとどこかで聞いてるぞ」

サリエルというのは、英国のれっきとした役所である魔術省が使うコードネームだが、誰を指しているかは既《すで》に調べがついている。魔術省の幹部の一人であるクロードのことだ。

ライルにとっては不倶戴天《ふぐたいてん》の敵——いや、そこまで酷い関係ではないが、とにかく好きになれない相手だ。

ジョシュは二人のやりとりを理解しかねているようで、ぽかんと口を開けている。

それにいち早くルカが気づき、咳払いをした。

「それだけですか、ジョシュ」

「はい、副長」

「では下がって結構です。ありがとうございました」

敬礼したジョシュが扉を閉めて立ち去ったのを見計らったように、ルカは口を開いた。

「ライル、あの方をコードネームで呼んでも無駄です。あの方は勘がいいので、我々がここにいるのも気づかれているでしょう」

私がいる限り、という言葉をルカは呑《の》み込んだのかもしれない。

「あいつは侯爵《こうしゃく》家の番犬だからな。人一倍鼻が利く」

「番犬呼ばわりは失礼ですよ」

軽口を叩きつつもまだ心配らしく、ルカは浮かない顔だった。

サリエルことクロードは、ルカを巡る曰くつきの相手だ。できれば、永遠に関わりたくはない。

そもそも大英帝国の魔術省といえば、泣く子も黙る変人揃いの役所だ。魔術士が役所に属するのも奇妙な話だが、国家のために魔術を発展させるという大義名分がある。そもそも魔術実験には莫大な金が必要となるため、大きなスポンサーを持たない魔術士のたいていは魔術省に属している。クロードは広大な領地を所有する貴族だけに金に困っているわけではないだろうに、権力があると楽だとの理由で、若くして魔術省を牛耳《ぎゅうじ》っているのだ。その代価として上司のプロフォンドゥム侯爵には頭が上がらないらしいが、それも仕方ないのだろう。

大英帝国はいち早く蒸気機関を開発し発展させ、産業革命を成し遂げた国なのに、なぜ、未《いま》だに魔術などというオカルトに毒されているのか。

それは、蒸気機関によって新しい技術が発展するのに、宗教関係者がこぞって大反対した経緯による。科学技術の変化は社会の階層に変化をもたらす。地殻変動により旧来の価値観が大きく変化し、宗教の意味も変わるだろう。それは宗教者たちにとっては許し難い事態に違いなかった。

同じような恐怖心を各国の首脳部が抱いたがゆえに、信じられないことに欧州は有史以来初めて一致団結した。それまで魔女狩があった過去など嘘のように魔術が奨励され、旧世界は新世界に対抗し得る力を持つに至ったのだ。

たとえば、ルカの義手。

これを機械で代用しようとしても無理だが、魔術によってものに魂《たましい》を宿しているために、普通の腕と同じように使える。

「ところで、おまえ、今の口ぶりだと黒真珠を知ってるみたいだな」

ずばりとライルが切り込むと、ティーカップを手にしたルカは何を今更とでも言いたげな顔になった。

「ええ、コードネームくらいは」

「ということは、人間なのか」

「そうです。日本人で英国の諜報《ちょうほう》機関の監視対象になっているとか。英軍と魔術省は日頃はあまり仲がいいとは言えませんが、協力し合っているとは意外でした」

ひととおり頭に入っているらしく、ルカはすらすらと答えた。

「よほどの重要人物ってわけか」

「名前のせいでさぞやたおやかな女性だろうと思っていましたが、なぜか男性だそうです」

そこだけルカは残念そうな口調になったので、ライルはにやりと笑った。

「またおまえの東洋趣味か」

「いけませんね、ライル」

ぴしゃりと叱《しか》られたため、ライルは「しまった」と後悔したがもう遅かった。

ルカはその灰色の瞳を煌めかせて、己の右手をぐっと握り締める。

「東洋でひとまとめにしないでいただけませんか。中国にも日本にも、それぞれに素晴らしい文化があるんです。つまり……」

力を込めた拳を振って途端に早口になるルカに、ライルは心中で呻《うめ》いた。

船乗りにしては珍しく芸術的な趣味を持つルカの関心は、リベルタリア商会の経営と日本という東洋の島国に注がれている。

長らく鎖国をしていたせいで、日本では新世界とも旧世界とも違う文化が栄えていた。時が止まったような異形《いぎょう》な文化を持つくせに、オートマタによく似たからくり人形を独自に作ったりと一部の技術には突出したものがある。また、衣服や髪型、紙と木でできた家に至るまで、日本の文明は風変わりだった。

その異質さがルカの心を擽るらしく、着方もわからないのに『浴衣《ゆかた》』なるものを手に入れてこの船にも持ち込んでいる。彼は長期の休みには是非日本に行きたいと話していたが、そもそも休みを取るの自体が難しいだろう。

「いいよ、その辺で。おまえの日本に対する偏愛は説明しなくていい」

ライルは右手を挙げて、今まさに熱弁をふるおうとするルカを制する。すると、彼は不審げに眉を上げた。

「これからが本番なんです」

「わかってて止めたんだ」

「まだ何も話していません」

ルカが噛みついてきたが、彼に日本談議をさせるとものすごく長くなるのは目に見えていた。たとえば今、燦々《さんさん》と輝いている太陽が沈むまで話しても飽き足らないだろう。

「それは今度にしてくれ」

むっとしたように眉を顰めたものの、ここでは船長の命令は絶対だ。

「わかりました。では、明日にしましょう」

再度眼鏡のブリッジを中指で押し上げ、ルカはそう宣告する。四角四面な男は、こういう点で融通《ゆうずう》が利かない。

ライルとルカは昔馴染《むかしなじ》みだが、陽と陰で裏表のように性質は異なっている。けれども、違うからこそ補い合い、ここまでやってきた。ルカの慎重さでは人の上に立つのは難しいし、かといって、ライルでは二番手として他人を支えられない。

結局、互いの足りないところを上手く補いつつやっているのだ。

「ん。ところでこのヤンキー・ライオンってのは何だ？　センスのないあだ名だな」

「…………」

「知ってるのか」

「――――私の目の前にいます」

珍しいことに、ルカは極めて言いづらそうに口を開いた。

「俺!?」

「ええ。その髪はライオンのたてがみのようですし、あなたは生粋《きっすい》の北部出身者《ヤンキー》です」

衝撃的な真相にライルはぽかんと口を開け、それからはっと我に返った。

「いくら何でもそれは酷くないか⁉」

「あなたにはぴったりでしょう」

「あいつ、俺に何の恨みが……」

怒りから唸《うな》り声を上げるライルを、ルカは冷ややかに見守る。

「恨み骨髄に徹すというものでは？」

自分も当事者のくせに、ルカは相変わらず冷静だ。

「まあ、いい。おまえはこの黒真珠をどうする？　日本発の航路を考えれば、時期的にも俺たちと行き合ってもおかしくない」

「どうやって？　海賊よろしく船上から誘拐するつもりですか？」

愚かな真似をしたらぶっ飛ばすとでも言いかねないルカの口調に、ライルは満面の笑みを浮かべて首を振った。

「いや、客船が補給のために必ず印度に寄るのはわかっている。寄港地で襲えばいい」

「客船の寄港地が印度にいくつあると？」

これも一刀両断だ。

「英国のフリゲートの動きを見ろよ。このあたりに集まってるって話だし、この海域のどこかにいるって睨んでんじゃないか？」

ライルが海図を指さすと、不機嫌そうにルカが顔をしかめた。

「どこかなんて、海に落ちた貝殻を拾うようなものだ。そんな賭《かけ》はできません」

「俺は幸運の女神に愛されてるんだ。だからサリエルも、あえて注意せよなんて言ってるんじゃないか？　俺に横取りされたくなくってさ」

「だからといって、警戒されずに船に入り込む手段がありません」

「船上なら、飛行艇を使ってかっさらうっていうのは？」

いかにもライル好みの派手な提案に、ルカはため息交じりに首を振った。

「やめてくださいよ。飛行艇を飛ばすのに、いったいどれだけ石炭がいると思ってるんです？　おまけに飛べる時間はごくわずか。時間切れになったら、墜落しかねない」

水陸両用の飛行艇は滑走路がいらないが、小型とはいえ飛行艇を飛ばすには、膨大なエネルギーが必要となる。

船にも飛行機にも使えるように予備の石炭は積んでいるし、次の港で食料ともども補給する手筈《てはず》にはなっているものの、無駄は避けたいというのは道理だ。

「それに、飛行艇を飛ばすとしたらあなたが行くのでしょう？」

「当たり前だ。危険な真似を船員にさせてどうする」

「そちらのほうがよほど責任感がないでしょう！」

怒りのせいでルカが圧《お》し殺した声を震わせる。

「おまえに行かせるわけにもいかない。俺に何かあったら、おまえにこの船の全権を任せるんだぜ？」

「どちらが欠けたって、リベルタリアの運行には支障を生じます」

ルカがはっきりと言い切る。

一応は黙り込んだものの、あのサリエルが追いかけている黒真珠とやらにどれほどの価値があるのか、気になってしまう。

殊《こと》にサリエルは、美醜だけでものの価値を決めるような輩《やから》ではない。

あえて黒真珠などと神秘的な暗号名をつけられた存在に対し、ライルの好奇心はひどく刺激されていた。

その女性ならば、ライルを素晴らしい冒険に誘《いざな》ってくれるかもしれない。

3

——父さん。ちゃんと見つけに行くから。だから、待ってて……。

夢の中で、珪《けい》は何度そう叫んだだろう。

海中に向けて、どんどん躰が沈んでいく。まるで誰かに引きずり込まれるみたいだ。そのうえ、万が一スクリューに巻き込まれたら肉片さえ残らないに違いない。

怖い。

ものすごく、怖い。

この暗い海に呑み込まれ、自分はこのまま死んでしまうのか……。

「……起きないな、俺の人魚姫は」

不意に、低くごちる男の声が鼓膜に届く。やわらかくてあたたかい、耳にすっと馴染む声。

夢見心地で聞いているとまるで音楽のようで、とても気持ちがいい。

「刺激が足りなかったのかもな」

次の瞬間には、唇にやわらかくてふよふよとしたものが触れる。

何だろう、これは。ふわふわとやわらかくて甘いのは、大好物の兎屋《うさぎや》の羽二重餅《はぶたえもち》だろうか。

「だめか。人魚姫っていうより眠り姫か？　いや、でも眠り姫だったら王子のキスで……」

独言する男の声は止まらない。

「ん……」

「お」

何度か瞬《まばた》きをした珪は、のろのろと躰を起こす。

「！」

真っ先に視界に飛び込んできたのは、蒼。

ごく間近にある誰かの瞳は、はっとするほどの澄んだ蒼だ。

急いで状況を確認すると、がっしりとした男がベッドサイドに立ち、身を屈めて至近距離で珪の顔を覗《のぞ》き込んでいる。

悲鳴を上げそうになり、珪は咄嗟《とっさ》に口を噤《つぐ》んだ。

「よう」

声と共に彼はにっこりと人懐っこく笑いかけた。男の膚はほどよく日焼けし、長い金髪は少しぱさついている。珪とは真逆の容貌であるがゆえに、しげしげと見惚《みほ》れてしまう。

いや、実際に見蕩《みと》れてもおかしくないくらいの男前だ。

あたりがぱっと輝くような、華やかな存在感。一見すると野性的な印象が強く、珪の周囲にはいそうにないタイプだった。

それにしても、さっきのやわらかいもの……いったい何だ？

初めて味わうもので、まるでお菓子みたいだった。

考えたくないけど、彼の唇だとか？

いや、まさか。人工呼吸ならまだしも、何の理由もなくキスなんて紳士がするわけがない。

でも、目の前の人は野性的で紳士には到底見えない。

悲鳴を押さえるためではなく、自分の唇に何かされたのではないかとの本能的な恐れから思わず自分の口を押さえた珪だが、そんな簡単な仕種《しぐさ》をするだけで躰の節々がぎしぎしと痛んだ。

尤も、それもこれも当たり前だ。甲板から投げ出されたとき、かなり激しく全身を水面に打ちつけた記憶があった。

「お姫様、大丈夫か？」

自分は男なのに、姫もへったくれもあったものじゃない。そう言おうとして、珪は顔を強《こわ》張《ば》らせる。慌てて自分の肩の辺りに手をやると、当然だが、鬘がなくなっていた。

「う」

よく見ると、腕にも肘《ひじ》にも痣《あざ》がある。助けてもらったのはいいけれど、ここはどこだろう。

こうしてベッドに座っていてもスクリューの回る微かな振動と、仄《ほの》かに潮の匂《にお》いも感じるので、どこかの船上なのは確実だ。

おまけに自分の全身は、どうやらシーツのようなもので肩までぐるぐる巻きにされている。ここで初めて重大な点に気づいて喉元に手をやると、男は見透かしたように珪の右側を指さした。サイドボードには、珪のゴーグルが置かれている。ほっとして思わず手に取ると海水の塩分のせいで革がごわごわになっていたが、それでもなくしてしまうよりはましだ。サイドボードの上に置かれたのは、小さなランプ。そして、なぜか古ぼけた硯《すずり》だった。

……硯？

室内は狭く、寝台が一つと簡素な木製のサイドボードと机、椅子。蒸気機関を使ったガジェットの類《たぐ》いは見つからない。

よく見ると、壁に額装してかけられているのは国芳《くによし》の猫づくしの浮世絵だ。味わいがあってなかなかユーモラスなのだが、こんな場所で目にするとは思わなかった。

「もう、話してもいいか？」

その言葉に、珪は相手が自分が落ち着くまで、忍耐強く待ってくれた事実に気づいた。

「はい」

おそるおそる顔を上げ、今度は青年を真っ向から見据える。

彼の顔に、見覚えがあった。

もしかしたら……そうだ、間違いない。海に沈みかけた珪を、あのとき助けてくれた人だ。

引っ張り上げられた飛行艇でも、人魚姫だの何だのと呟いていた気がする。

「英語、わかるみたいだな」

「あ、はい。一応は」

相手はシンプルな麻の白いシャツを身につけ、濃い色のズボンを穿《は》いている。足許はブーツで、ベルトには使い込まれた拳銃《けんじゅう》が差し込まれている。グリップのところに真鍮の装飾がつけられており、竜か何かだろうか。おそらく特注品で、ぱっと見ても見事な品だとわかる。

「ここは俺の船、リベルタリア号だ」

リベルタリア……独特の語感で判断するに、英語ではないだろう。けれども、どこの国の言葉かわかるほどには、珪は外国語に通暁《つうぎょう》していない。

「ええと、あの、あなたが助けてくれたんです……よね？」

「そうだ。覚えてるか？　おまえが海の中に落っこちたのを」

「はい、何となく。ありがとうございます」

がばりと頭を下げて礼を告げた珪に、相手は微かに目を細める。

こういう日本式の礼はしなくていいのだが、頭では理解していても身についた習慣は消えない。

「どういたしまして。俺はライル。おまえは？」

とされる。

　刹那《せつな》、珪は躊躇《ためら》った。さっきから考えることばかりで、何をするにも一瞬の判断力が必要
　相手が敵か味方かわからないのに、易々と本名を告げてもいいものか。

　とはいえ、下手《へた》に偽名を名乗ると瞬時に反応できなかったりと面倒な事態になりそうだったし、珪は渋々口を開いた。

「……ケイ。珪と言います」

　相手が名前しか名乗らなかったのをいいことに、珪も苗字は省略するが、相手はまったく気にしていなかった。

「珪か。おまえ、あのサンライズ号とかいう客船に乗ってたのか？」

「はい」

　それを耳にした刹那、ライルが少しばかり沈鬱な面持ちになる。

「あの船は、嵐で難破した。生憎だったな」

「――そう、ですか」

　どう感情を表現すればいいのか迷い、珪はおおっぴらな反応を控えた。その感情を殺した態度を見て取ったらしく、ライルは肩を竦めた。

「おまえ以外全滅かと思ったんだが、逆だ。とびきり運が悪かったのはおまえのほうらしい」

「え？」

ぽかんとする珪を見下ろし、ライルは続けた。

「ほかの連中はボートに乗り移って難を逃れたが、船員のうち何人かは座礁の衝撃で船から投げ出された。おまえがその数少ない例外だ」

「そうだったんですか……」

それでも犠牲者は少ないほうがいいと、珪は安堵《あんど》する。

なくして惜しいものがあるとすれば旅券と、トランクの中に忍ばせてあった金平糖《こんぺいとう》。懐中汁粉《かいちゅうしるこ》。今頃どれも魚の餌になっているんだろうか。

「おまえが助かってよかったよ。女は乗せない主義だが、こいつも成り行きだ」

「へっ？」

待ってくれ。

自分はまだ性別を明かしていないのに、どうして彼はそう判断したのだろう。

シーツでぎゅうぎゅうに巻かれた骨と皮ばかりの貧弱な体型を見てもなお、女だと断言できるのか？

だとしたら、彼はおかしい。それとも——。

「おまえは日本の女子なんだろう？」

「その、あの、どうして……」

動揺してまともに返事をできない珪は、おそるおそるライルを見上げると、彼の背後からこほんと咳払《せきばら》いが聞こえた気がした。

ライルと自分以外に人のいる様子はないのだが、何かがおかしい。

「そいつは……ああ、もう！」

いきなりライルは躰を反転させ、つかつかとドアに近づく。彼が半開きのドアを押すと、美しい顔立ちの青年が入ってきた。

青年はライルと違ってぴっちりと一番上までシャツの釦を止めている。おまけに左手には黒い手袋さえしており、暑くないのかと心配になってしまう。

「つまり、こいつが……」

「ああ、本当に美しい……まさに東洋美人《オリエンタル・ビューティー》とはこのことです！」

船長の言葉を遮り感極まったように告げた後に、青年はすっとベッドの傍らに跪《ひざまず》いた。

「失礼、私はルカと申します。この船では副長としてライルのサポートをしております。あなたの名を伺う栄誉を賜《たまわ》りたいのですが」

賜るって……これじゃ王族並みの扱いだ。

ルカの流暢《りゅうちょう》な英語は見事なキングズイングリッシュで、ライルの発音とは少し違う。

面食らった珪は、まずは自己紹介をしなくてはと慌てて口を開いた。

「えっと、珪です。よろしくお願いします」

「あなたは日本人で……しかも『女学生』ですね⁉」

「う」

「日本の風俗について勉強しました。この袴こそ、女学生の象徴にほかなりません」

この人が犯人か……。

ルカは日本に対する知識を持ち合わせており、純粋に珪を女の子だと信じ込んでいるのだ。ここで男だとばらせば、なぜ女装をしていたのかと問われるのは明白だ。その疑問から芋《いも》づる式に、珪が逃亡者だと知れてしまう可能性はあった。お尋ね者として賞金首にでもなっていれば、一発で捕まって英国に売られるだろう。

無論、自分にそこまでの価値があるとは自惚《うぬぼ》れてはいないが、英国はフリゲートを出してきたほどだ。油断は禁物だった。

「おい、ルカ。客人が困ってるぞ」

珪の沈黙を困惑のせいと受け止めたらしく、ライルが助け船を出してくれる。

「失礼いたしました」

一度は立ち上がったルカは、申し訳なさそうに視線を外す。

「ルカの知識の受け売りだが、日本の女性は柔肌《やわはだ》を男に見られちまうのはいけないんだろう？　それこそ嫁に行けなくなる、とか」

「当たり前です！　膚を見られた女性は切腹するような国なのですよ!?」

——その知識はだいぶ間違っている。だが、それを間違いと正すのも面倒だ。

「珪。おまえの服はぱりぱりに乾いてるから、あとで着替えろよ」

「それから寝るときにはこれを着るのでしょう？　どうぞあとで着てみてください」

ルカがそう言って差し出したのは、どこで手に入れたのか、日本の浴衣だった。

派手な女物だったが、これで寝苦しさはしのげるだろう。

「あ、ありがとうございます」

「さて、ここからが本題だ。——おまえ、どこに行くつもりだった？」

ふと鋭い顔つきになり、ライルが尋ねた。こればかりは誤魔化《ごまか》してても仕方がないので、珪は口を開く。

「……倫敦です」

「やっぱりそうか。なら、乗せてってやるよ」

「え？」

意外な提案に、珪は目を見開いた。ルカはそれに異論はないようで、うんと小さく頷く。

「どうせ欧州航路を行くんだ。英国は通り道だ」

迷うまでもない。次の港で下ろしてもらえたところで、財布も旅券もないのだ。港の役人に馬鹿正直に難破したサンライズ号に乗っていたなどと申告すれば、すぐに身許がばれて英軍に引き渡されかねない。

身の安全と引き替えにあと一月は女性の真似をしなくてはいけないが、それくらいは仕方ないと諦めねばならなかった。

「どうだ?」

「ありがとうございます、助かります!」

珪は勢い込んで答える。

「けど、この世は資本主義原理で動いてる。いくら何でも、ただでってわけにもいかない」

「すみません。でも、今は無一文なんです。全部サンライズ号の船内に置いてきてしまって……」

それくらいわからないライルではないだろうし、彼は腕組みをして「うん」と頷いた。

「心配するな。おまえにはそのカラダで運賃を稼いでもらう」

呆然《ぼうぜん》とするより先に、ルカがライルの襟首《えりくび》を摑みあげた。

「あなたという人は……!」

「ま、待て、待て」

首を絞《し》められて苦しいらしく、ライルが組んでいた手を解《ほど》いて掠れた声で制止を訴える。

おかげで渋々という風情でルカが手を離した。

「この船に乗ってる連中は、何かしら役割がある。俺は船長、おまえは副長、甲板員、機関員……要はお客さんはいないってことだ」

働かざる者食うべからずということか。

「でも、その場合は何をすればいいんですか?」

女として振る舞うのであれば、できる仕事にも限度がある。飯炊きや掃除と思ったが、豪華な客船ならともかく、貨物船での食事などビスケットと乾肉《ほしにく》くらいのものだろう。

「ちょうどいい。ならば私に日本についていろいろと教えていただけませんか? 日本の文化、言葉、何でも」

ぱっと顔を輝かせて、ルカがずいと一歩近づいたので、つい迫力に押されかける。

「それじゃおまえが得するだけで、船員には何の恩恵もないぞ」

「私の精神が安定します。小言の回数を減らすと約束しましょう」

断言されるとライルもどうしようもないらしく、わざとらしく肩を竦めた。

「仕方ないな。珪」

「は、はいっ」

珪、と呼びかける声がやけに優しく思えて、珪は自分の頬が熱くなるのを意識した。

今まで何度となく呼ばれた名前なのに、なぜだかすごく心地よく感じられるのだ。

「ルカは日本かぶれだが、仕事が忙しくて未だに一度も行ったことがない。おかげで、おまえがここにいるのに昂奮してるってわけだ。頼まれてくれないか?」

「でも、それだけではただの話し相手です。ほかにも何かさせてください」

船内で自分の役割を果たすにしては、あまりにも軽すぎる。

「その細っこい躰で無茶はやめておけよ、お姫様」

「さっきから、お姫様っていうのはやめてください」

「なんでだ？　最初に見たとき、人魚姫かと思ったよ」

「な」

揶揄《やゆ》されたのに珪はかっと頰を赤らめたものの、言い返すのは無理だ。

そもそも捲り上げた白いシャツから見える腕を目にしただけでも、ライルが屈強な肉体の持ち主であると窺《うかが》い知れる。

でも、黙ったまま引き下がるのは悔しい。

珪にだって何かができると証明したい。だけど、どうやって？

「ともかくそんなわけだ。むさ苦しいやつばかりだが、根は悪くない。仲良くやってくれよ」

「——わかりました。ありがとうございます」

証明は、次の機会にするほかなさそうだ。

「船内の案内は誰かにさせる。着替えたら、あとで甲板に来い」

「はい」

まだ名残《なごり》惜しそうなルカを引《ひ》きずるようにして、ライルは部屋を出ていった。

しまった。彼らがどこの国の人間で、この船がどこに属しているのかをすっかり聞きそびれた。またあとで聞くことにして、今は着替えよう。

かけられていた着物は、すっかり乾いていた。

「本当にぱりぱりだ……」

こうしてみると着物に女袴では、非常に動きづらかった。おまけに塩水に浸《つ》かったせいだろう、妙にごわごわしている。

この着物を鈴山《すずやま》に返すときは洗い張りしなくてはいけない。問題は自分が無事に日本に帰れるかだったが、まずは倫敦に辿り着くほうが先なので、それよりも未来のことは考えないほうがよさそうだ。

寝かされていた船室を抜け出す。外はすぐに廊下で、壁際のドアから甲板に出られるようになっていた。

「わ……」

途端に潮風が強く吹きつけ、珪は目を細める。顔を隠そうと腕を上げたところ、袂が風を孕《はら》んでばさばさとはためいた。

想像したよりも新しい船なのは、内装やペンキの臭《にお》いで判明した。海風をまともに受ける外装はそれなりに年季が入りつつあるが、手入れはきちんとされている。

太い寸胴《ずんどう》の煙突は蒸気船につきものだ。これがなければ、機関室で燃やし続けている石炭の煙が船内に充満して煤だらけになってしまうし、何よりも一酸化炭素中毒で人死にも出る。小型の煙突は、おそらく石炭庫で石炭が燃えたときに生じる煙を逃すためのものだろう。デッキの真ん中から前方にかけて船室が作られ、その周囲には四隻の非常用ボートがしっかりと据えられている。

微かに動物たちの鳴き声が聞こえるのは、航海中の食料を積んでいるせいに違いない。

それから目につくのは、大きな格納庫だ。

夢でないのなら、飛行艇から飛び降りてきたライルに助けられたのだ。あの中に飛行艇が格納されていると見て、まず間違いがないだろう。

一生に一度かもしれない飛行艇体験を覚えていないなんて……つくづく不運すぎる。

がっかりした珪がその場で俯くと、「あっ」という甲高い声が耳を打った。

「珪！」

デッキブラシを握り締めて名を叫ぶのは、褐色の膚をした少年だ。おかげで何ごとかとでもいうように、甲板員たちが珪にあからさまな好奇の視線を向けた。

「ノエ！」

忘れてた……。

彼も一緒に救われたはずなのに、すっかり忘れていた。我ながら薄情すぎて嫌になると自己嫌悪に陥るまでもなく、デッキブラシを放り出したノエが転がるように駆け寄ってきた。

「珪、もう歩いていいの？」

「うん。よかった、ノエが無事で……」

「珪が助けてくれたおかげだよ」

素直に声を弾ませるノエが可愛くて、視界がぼやけてくる。

「珪……？」

「あ、ごめん」

緊張の糸がふっつりと切れてしまったみたいだ。へたりと座り込んだ珪に合わせて足を折り、目線を合わせたノエが「髪、切れちゃったんだね」と淋《さび》しそうに呟く。

いくら何でも、嵐に遭ったからといって髪が切れるわけがないが、真実を口にできない。

さすがの珪も返答に詰まりかけたものの、黙っていては妙に思われると神妙な顔で「うん」と頷いた。

「ノエは何してるの？」

「仕事中。甲板員見習いにしてもらったんだ。サンライズ号は難破しちゃったでしょ。戻っても、元通りに働けるかわからないし」

「そう…………」

言い淀《よど》む珪に気づいたのかどうか、ノエはくいくいと珪の袂を引っ張った。

「大丈夫だよ、珪」

「ん？」

「珪はぼくが守るもん！」

ノエは胸を張って、ぽんと自分の胸骨のあたりを叩いた。

「守るって、どうして？」

この船はライルの支配下にあり、危うい何かが起きるとは到底思えなかった。

「……珪、この船の中は案内してもらった？」

唐突に話題を変えられて、珪は首を傾げる。

「まだ」

「だったらぼくが教えるよ」

「忙しくないの？」

「ちょうど休憩するところなんだ。行こう」

ノエはそう言って、不意に「あのさ」と耳打ちしてくる。ノエの息が耳にふわふわとあたり、くすぐったい。

「ん？」

「この船、どこか変じゃない」

どこか言いづらそうに発された不穏当な台詞《せりふ》に、珪は首を傾げる。確かに、どことなく違和感があるのだ。ありふれた貨物船に見えるけれど、それだけじゃない気がした。

だいたい、貨物船に最新型の飛行艇とは珍しい。よけいなものを搭載すればそれだけ重量が増えて積み荷を減らさざるを得ないので、できれば載せたくないはずだ。

けれども、ノエの意見を下手に肯定して必要以上に怖がらせるわけにもいかず、珪は知らぬふりで首を傾げた。

「どこって何が？」

無言でノエが目配せをしたため、珪はつられて彼の視線の方角に目を向ける。

「あっ」

静かに、とゼスチャーされて珪は急いで口許を押さえた。

煙突の影に隠すように設置されているのは、どう見てもガトリング銃だ。そういえば、ライルも拳銃をベルトに突っ込んでいた。

船上で武装しているのは軍人か——海賊だ。

不穏な想像に、珪の背筋にぞくりと冷たいものが走った。

珪は思わずマスト後方を見たものの、旗は特に掲げられていない。リベルタリア号がどこの船かは、やはり不明なままだ。

一介の貨物船ならば、武装する必要性は皆無だ。今時海賊は昔ほど多くないと聞いているし、戦争中というわけでもない。かといって、軍艦にしては規律が厳しくないようだし、適当すぎる。それは、ノエを甲板員として受け容《い》れた事情からも明白だ。

十九聖紀に入ると帆に頼った風任せの航海をする海賊は、蒸気機関を搭載した軍艦によって簡単に追い詰められ、次々と捕縛された。

海賊の中には蒸気機関を手に入れて機動力で勝負する連中もいるそうだが、彼らの問題点は補給地だ。莫大な石炭がなくては船を動かすのもままならず、港の連中は海賊の味方をしないのが通例だ。かといって決められた港に落ち着けば、捕まりやすくなる。

ライルたちは、数少ない海賊の残党なのだろうか。

大いにあり得ることだったが、ノエが彼らの正体についてどんな推測をしたかは不明だ。子供にあまり恐ろしい知識を吹き込んで、怯《おび》えさせてもよくない。

今考えたことは、全部、胸の内にしまっておこう。

珪は極力平静を装って、ノエの後ろをついて回る。

ノエは歩きながら、食堂、厨房《ちゅうぼう》、通信室、船倉への入口、機関室と石炭室の場所を教えてくれた。

「船倉はどこも入っちゃいけないって言われてるんだけど……そこに何か隠してるのかもしれない」

「まさか」

「気のせいかもしれないけど。珪も気をつけてね」

珪が「そうだね」と煮え切らない返答をしたからか、ノエが表情を曇らせた。

「珪、ぼくを少しでも頼ってくれる？　子供扱いしないでほしいんだ」

「え？　ああ、うん……ありがとう、ノエ」

珪が生返事をしたのに、ノエはほっとしたのか誇らしげに鼻の頭を掻いた。そして、まだ仕事があると言い残して足早に甲板に戻っていく。

リベルタリア号が海賊船ではないかとの疑いを抱いたのには、彼らには隠し通さなくてはいけない。もしそれが本当ならば、どんな制裁をされてもおかしくないからだ。

それに、自分のほうこそ年少のノエを守らなくてはいけない。

結果的に彼の命をライルたちに託したのは、珪なのだ。

――それにしても、守るって本当にお姫様扱いだ。

お姫様とか人魚姫とか眠り姫とか、西洋人の発想はおかしい。ノエはどこの生まれか聞いたことがないのだけれど、やっぱりそういうものに毒されているのだろうか。

珪は唐突に、目覚めるときにライルにキスをされたことを思い出した。

やわらかかった。

「うう……」

不愉快だったのではなく、思い返すと、ひたすら恥ずかしいだけだ。

真っ赤になった珪は、その場にへたへたと座り込んだ。

「どうだ、あいつは」

食事中のライルが赤葡萄酒《あかぶどうしゅ》の注がれたゴブレットを片手にそう水を向けると、待ってましたとばかりにライルの机を借りて仕事をしていたルカが振り返った。

「先ほどは、日本の学校についてを伺いました」

「最初が学校のことなんて、相変わらず堅いな」

「基本中の基本ですよ」

珪と話したいのはライルだって同じなのに、ルカはすっかり珪を独占してしまっていた。ルカの話し相手が珪の仕事の一つになっていたし、ルカは珪のみずみずしい色香に迷って蛮行に出るような男ではないので、今夜くらいは構わないが。

それに今日は珪が目覚めるまでは彼のそばで待っていたため、雑務が溜まっている。

「英語が堪能《たんのう》な理由は聞いたか？　おまえと同じキングズイングリッシュだが」

「ええ。幼い頃、英国で暮らしていたそうです」

さすが、そのあたりの調査もルカは抜かりがない。

「ということは、あっちの人間か？」

「どうでしょう。そこまでは……」

「あれが黒真珠なのかな」

サンライズ号難破の報を聞き、ライルはルカの反対を押し切って飛行艇で偵察に出かけた。何かに出会える予感がしていたからだ。

その予感は、正しかった。

水中で珪を捕まえたとき、人魚姫を拾ったと思った。

水に濡れた黒い艶やかな髪。異国の不思議な衣装。自分を認めて夢見るように開かれた、大きな黒い瞳。

大人とも子供ともつかぬ、端境期《はざかいき》の不可思議な色香に酔わされるかと思った。

諸国を回って美女なんてものは見飽きたはずのライルでさえ、珪のあやうい美しさには見惚れてしまったのだ。

「まさか。黒真珠は男ですよ？」

何げないライルの呟きを聞き咎《とが》め、ルカは真っ向から否定してかかる。

「ああ、そうか……そうだよな」

「男女の区別がつかないなんて、女好きのあなたらしくありませんね」

「俺が女を好きなんじゃなくて、女が俺を好きなんだ」

「はいはい」

ルカが気づいていないのであれば、あえて教えないほうがいいだろう。

人工呼吸をするために珪に触れたのだ。あの真っ平らな胸で女なんてことは、まず絶対にあり得ない。もしかしたら黒真珠かもしれないとわくわくしながら船に連れ帰ったところ、気絶した珪を一目見るなりルカの様子が変わった。

彼は珪を「日本の女学生だ」と告げ、下にも置かぬ扱いをし始めたのだ。そのために自分の専用の船室を明け渡し、雑魚寝に甘んじるとまで言った――部下たちは煙たくて、居心地が悪いだろうが。

リベルタリア号は貨物船で、船の内部は三階層になっていた。船底に近い部分には、石炭を燃やすための機関室と石炭庫がある。その上は貿易用の積み荷など、様々なお宝が積まれている船倉。船員たちがいるのは一番上の階層で、ここに厨房と食堂がある。船首に近いキャビンは船長と副長が分け合い、船員たちは後部の空間を区切って雑魚寝している状態だった。この手の商船にしては船員が多いため、彼らの居住空間は余裕を持って作られている。

それでも、珪一人が特別なのは船員たちも面白くないだろう。

珪がなぜか女学生の制服を身につけていたことと日本に対する知識が、かえってルカの判断力を曇らせる要因になったに違いない。

いずれにせよ珪が自分の性別を隠しているらしいので、勝手にルカに明かすのはルール違反になる。自発的に彼が告白するまで、ルカだけでなく乗組員たちにも黙っておくべきだろう。

「だとしたら、仮にサンライズ号に乗っていたとしても、黒真珠は海の藻屑になって消えたってわけか」

「そのようですね。助かった客の中に、該当する少年はいなかったらしい。どこかの浜に打ち上げられたかもしれませんが、そこまで徹底した捜索をするかどうか……」

ルカは言葉を濁す。

「なら、横取りはやめておいたほうがよさそうだな。本国に高値で売れるかもしれんが、サリエルを敵に回すのは面倒だ」

不用意にサリエルの名前を出してしまったので、ルカの左手がぴくりと動いた。手袋を嵌めたまま隠している義手を、彼は黒革の上からそっとさする。

「悪かった」

「――いえ。今回は貴重な人物を救うことができました。ですから、今のは聞かなかったことにしておきます」

「ありがとう」

とりあえず、珪の素性については、おいおい探ればいい。女装をしてでも渡英する覚悟を決めた理由が何なのか、純粋に興味があった。

「今は、我々の航海の無事を祈りましょう。今年の茶葉は特に出来がいい。無事に運べば、例年の倍の儲《もう》けにはなります」

「そうか。おまえの読みは当たったな」

「読みが当たるのは有り難いですが、おかげでますます忙しくなりそうだ」

「うちの仕入れる品物は品質がいいと評判だ。おまえの目利きのおかげだよ、ルカ」

ただ品物を運ぶだけでなく、常に新しい取引先と商品を開拓しようと貪欲《どんよく》なルカのおかげで、リベルタリア商会の売上は例年右肩上がりだ。

「会社の規模が大きくなれば、もっと人員が必要になります。喜んでばかりではいられませんよ」

「そうだな」

このところ何度となくルカが触れている話題だけに、相当深刻なのだろう。

リベルタリア商会は米国、中国と欧州に現地の事務員を置いているが、経理などの細かい仕事を任せきりにはできない。そこで必然的に事務能力の高いルカが、彼らを監督している。ルカならば会社の業務も適任だが、船上での雑務もあるし、連絡事項はどうしても滞る。かといってライルたちと一緒にずっと船に乗っていては、新しい人材をスカウトするような出会いもない。人づてで探してもなかなかこれといった人物が見つからず、新社員を雇うのは新しい船乗りを見つけるよりも難しかった。

「とりわけ今回はコストが嵩《かさ》んでいるので、茶葉が高価なのは有り難いですね」

「コストが？　何でだ」

「……あなたはご自分が飛行艇を出したのを忘れたんですか」

途端に圧し殺した詰問調で言われ、「ああ」とライルは呟いた。

「あの飛行艇の燃費の悪さを知っているはずです」

「そうだったな」

「だから飛行艇を積むのは反対だったんです。重量があるからどうしたって貨物の積載量が減るし、偵察以外のことはできないし……」

もともと飛行艇嫌いのルカは、ひどく不満げだ。

「救命にも使えたぞ」

「だからって一ポンドの得にもならないでしょうが」

珪から頻りに日本の情報を聞いているのを棚に上げ、ルカがぴしゃりと叱り飛ばす。

だが、もし珪が黒真珠ならば、当面手許に置いておく価値はあるはずだ。

珪はどんな秘密を握ってる？　魔術省と軍に追われるほどの大きなネタだ。気にならないわけがない。

個人的な厄介ごとを抱え込むのは、普段のライルなら御免蒙《こうむ》るところだ。殊に自分には職務があり、それを遵守するのが何より大事なのだ。適当な港に着いたときに珪を下ろしてしまうのが、一番無難な選択だろう。

けれども、自分の命よりも真っ先にノエを助けようとした潔さに心が動かされた。

ライルから見れば珪はまだまだ子供なのに、彼には弱いものを助ける騎士道精神のようなものが備わっているらしい。あれがルカが再三再四口にしている、武士道――侍《さむらい》の魂なのか。

そう思ったがゆえに、珪を庇《かば》おうと思ったのだ。

人魚姫みたいな美姫《びき》は生憎男だったが、好奇心以上の気持ちがどんどん募ってゆく。

こんなアクシデントなら、いつでも大歓迎だった。


夜は深々と更けていく。

特別扱いでルカの船室を貸与された珪は寝台に腰を下ろし、後悔と安堵のあいだでぐらぐらと揺れていた。

ルカの東洋趣味は本物で、部屋のあちこちには日本の置物やら文具やらがある。

明日以降は本格的に動き回るつもりだったが、船内をうろうろしていると甲板員に胡散臭《うさんくさ》い目で見られ、食事も船室で摂《と》るようにと追い出された。

ノエは受け容れられているのにこの差は何だろうと考えて、つまりは女性だから差別されているのではないか、と思い当たった。何もしなくてもいいというのは、何もするなという台詞の裏返しだ。

けれども、このまま一か月間ただ飯喰《ぐ》らいに甘んじるなんて冗談じゃない。それこそ地獄に等しい状況だ。

ロシアの拷問で大きな瓶《かめ》から空っぽの瓶に水を移し替え、それが終わると逆の瓶に水を移し替え続けるものがあったそうだが、あれと同じ気分だ。

無為に生きるほど虚《むな》しいものはない。

何とか仕事を割り振ってもらいたいが、女としてできることはあるだろうか。

このまま船室にいても鬱々としそうだったので、珪は甲板に出ようと思い立った。

「……さむ」

遮るものがない海では、甲板はまともに風を受ける。陽が落ちたせいか潮風はどこか冷たく、波の音が耳を打った。

見上げると風で雲が吹き飛んだらしく、空には満天の星がちりばめられている。星座を覚える趣味がないのを、今更のように残念に思った。

また視線を甲板に戻し、手摺りに近づいていく。身を乗り出して外を見ると、くろぐろとした海面には微かに月明かりが落ちるばかりで。

昼と夜では、海の見え方はまるで違う。

あんなに澄んだ蒼だったのに、今はべっとりと炭を流し込んだみたいに真っ黒だ。どうせ呑み込まれるのなら、蒼い海のほうがいい。これでは不気味なだけだ。

何となく背筋が寒くなり、珪は自分の両手で肘のあたりを軽く抱く。

「こんなところにいたのか」

誰かの声に、びくりと身を震わせる。

自分にかけられたものか迷い、不審げな面持ちで振り返ると、ライルが腕組みをしてごく近くに立っていた。夜目にも白いシャツが際立っており、彼の存在を強調して見える。ほかに人影は見当たらず、彼は珪に話しかけてきたようだ。

「あ、えっと……ライルさん」

「ライルでいいよ。俺の船では皆、平等だ」

昼間会話をした限りでは懐は広そうだったし、悪い人ではないと思うのだが、ガトリングなどを目にしたあとだと、一概に善人と確定できない。

「夜は特に気をつけろよ。海に落ちたら、まず、見つからない。そうでなくとも蒸気船はどんどん先に進む。生きていたとしても、船に置いていかれる恐怖でおかしくなるやつもいるらしい」

「はい」

同意を示した珪を見下ろし、ライルは微かに笑う。月明かりを映した彼の目は、こんなときでも鮮やかな蒼だ。

「素直だな」

「だって、反論する理由もないですし」

珪がそう言うと、ライルは「それもそうか」と首肯する。それきり会話が途切れかけたので、珪は「あの」と急いで口を開く。気になっていたことを、今のうちに聞いておきたかった。

「どうして、助けてくれたんですか？」

「ん？」

「わざわざ飛行艇を出してくれて、あまり言いたくないけど、お金がかかるでしょう」

珪の言葉を聞いて、両手を手摺りに突いて海を見ていたライルが振り返った。

「お金って……ああ、石炭か？　確かに飛行艇は燃料代が馬鹿みたいにかかる。おまえ、意外にしっかりしてるんだな」

「だって」

助けてもらったくせに金銭を気にするなんて、みっともないだろうか。ライルが請求してきたわけでもないのに。

「いいんだよ。あれは、おまえを探したわけじゃない。何か出物があるかと思って見にいったんだ」

「人魚姫を？」

「……黒真珠」

冗談のつもりだったが、ライルは真顔になり想定外の返答をしてきた。

「真珠？　あの船から？」

大の大人とも思えぬ言いぐさに呆れてしまい、珪は忌憚《きたん》なく問い返す。

誰か乗客が持っていた財宝だろうか。

でも、真珠なんてせいぜい数センチの大きさで、砂浜で一粒の金砂を探し出すより大変だ。そんな儚《はかな》い希望にかけてライルが金食い虫の飛行艇を飛ばしたのかと思うと、珪には信じ難かった。

「知らないのか？」

試すような言葉に、珪は正直に「知りません」と答える。そんな素晴らしい財宝を持った人は、きっと黙っていて誰にも見せないはずだ。

「ふうん」

考え深げに一つ唸ったあとに、ライルは唇を軽く舐めた。

「黒真珠は、日本の貴重な宝物だ。国外に出たって聞いて、どうしても手に入れたかったんだが……そう上手くはいかないいな」

ライルの表現では、その宝物はまるで生きているみたいだ。

「運よく拾えたって、勝手に自分のものにしてはいけないでしょう」

「──なるほど。そういう考えはなかったな」

ライルは感心しきったように頷いた。何を当たり前のことを言っているのか……そんな基本的な観念が違うところを考えると、やはりライルは海賊なのかもしれない。

本能的な恐怖から、珪はじりっと一歩後退《あとずさ》る。

「おまえこそ、どうして英国へ行きたいんだ？」

「家族がいるんです」

嘘をつきたくはなかったので、その点は正直に答えた。ノエにも同じことを言っておいたし、どこかでばれるかもしれないと思ったためだ。

「たかが家族に会うのに、わざわざ女の格好をしてるのか？」

「…え」

ライルの質問の意味を、改めて日本語に咀嚼《そしゃく》するまでもない。彼の質問の意図は明白だ。

「男なんだろ」

今度の台詞はだめ押しだった。

「――ど、どうして……」

「いくらおまえが可愛くたって、俺の目は誤魔化せないぜ」

あっさりと告げられてしまうと、逆に対処に困る。彼らが自分を女性だと信じていると思い込んでいたため、いざ見破られたときにどうするかなんて考慮していなかったのだ。

「いつから気づいていてたんですか⁉」

「そりゃ、俺がおまえを助けたんだ。脈くらい測るし、心音だって確認する」

ライルには何もかもが茶番に見えていたのだと思うと、恥ずかしさに耳まで熱くなってくる。

「お姫様って言ったくせに……」

珪が恨みがましく訴えると、振り向いたライルは手摺りに寄りかかったまま珪を正面から見据える。月光を受け止め、彼の金髪がきらきらと光っていた。

「安心しろ、今でもそう思ってるぜ。おまえは並の連中よりずっと可愛い」

真顔で言われると、返す言葉に詰まる。

可愛いなんて人生において何百回と言われてきたはずなのに、こうしてライルの唇から零れると別の意味を持っているみたいだ。あたかも口説かれているような妙な気分になり、頬が火照《ほて》ってしまう。

「か、可愛いっていうのは、やめてください」

「じゃあ、美人か？」

「それもだめです」

だめだ、聞き流せない。英語のせいだろうか。自分が彼の言葉を大袈裟に訳しているだけかもしれないけど、You're so beautiful……これを控えめに訳したって美しいと言われているのは明白だ。

すっかり照れてしまった珪が俯くと、ライルは続けて口を開いた。

「おまえ、いつまでそのままでいるつもりだ？」

「え？」

「おまえが嘘をやめるまで、俺には待つことはできる。おまえにだって事情はあるんだろ？

でも、そのあいだおまえはずっとルカや俺の部下たちを騙《だま》すことになる。欧州まではまだまだ時間がある。見たところおまえは真面目そうだし、それに耐えられんのか？」

「…………」

真っ当な指摘を受けて、珪はぐうの音も出ない。一日二日ならともかく、この先ずっとだ。それに、自分が金を払って乗船したサンライズ号ではなく、好意でただ飯喰らいを乗せてくれているリベルタリア号の人々を欺《あざむ》く羽目になるのだ。

「一度ついた嘘はどんどん重くなる。気持ちが軽くなるなんて、絶対にないんだぜ」

改めて、その重みを突きつけられたような気がした。

「けどな。どうしてもって言うなら、一つ手がないこともない」

含みのある口ぶりだったが、珪はすぐさまそれに食いついた。

「どんな手ですか？」

この船で乗組員たちと四六時中顔を合わせ、なおかつ女性のふりをするなんて、相当に困難な課題だ。ライルの助力を得られるのであれば、それに越したことはない。

「俺のものになればいい」

「……は？」

よくわからない。

どういう意味か摑みかねて、珪は思わず問い返していた。

「うぶいやつだな。俺のものになるんだよ」

「どうして?」

「いいか? おまえが船長のお手つきって話になれば、うちの船の連中は手出しをしない。おまえにもちょっかいをかけたり、話しかけようとしなくなるさ。一日中俺の私室でだらだらしてても文句は言わせない。船員と関わらなければ、嘘をついてる罪悪感だってそう感じなくてもいいだろ」

お手つきという意味はうっすらわかるが、自分は男だ。そのあたりはどうやって飛び越えるつもりなのだろうか。

そこで珪は自分の思考を一つずつ振り返った。

——手を、つける? 手をつけるって言ったのか? どうやって?

意味がわからなかったものの、この交渉を終わらせてしまおうと珪は質問を試みる。

「それって、あなたにとってメリットはありますか?」

「当然、おまえには代価をもらう」

「お金ですか?」

首を傾げる珪を見て、ライルは鼻先で笑い飛ばした。

「そんなちっぽけなもん、いらないよ。日本人が命の次に大事にしてるものだ」

「名誉とか?」

「えっ、そうなのか？」

今度はライルが驚く番で、珪はついつい噴き出してしまう。

「人によっては、ですね。どちらにしても、僕に守るような名誉なんてありません」

「俺もそんなもんは欲しくないから、安心しろ。もっと簡単で月並みだ」

簡単で月並みで、日本人が一番大切にしているもの……なぞなぞにしては、高度すぎる。

「じゃあ、わかるように言ってください」

「鈍いな」

「な…」

決めつけられて、珪はむっとした。

「おまえをものにするって言われて、まだわからないのか？　実際に夜伽《よとぎ》をしろって言ってんだ。子供じゃないんだから、夜伽くらいわかるよな？」

漸く彼の言葉の意図がわかり、珪の思考はそこで一旦停止をした。

上から下までまじまじとライルを眺め、そしてこめかみのあたりを押さえる。

頭が痛くなりそうだ。

夜伽とは、要するに、躰を寄越せとの意味だ。

日本人が命より大事にしているかは不明だが、貞節を重んじるものもいるのは確かだ。

……だが。

「信用してくれない相手からは対価を取るのが俺の流儀だ。つまり…」

「ちょっと待って。僕は男ですけど」

胸を張ったライルが滔々《とうとう》と紡ぐ説明を、珪は強引に遮る。すると、彼は呆れたような顔つきで珪を眺めた。

「おまえ、今の話を理解してなかったのか？」

「男でもいいんですか⁉」

「しっ。声が大きい」

大きな掌で口を塞《ふさ》がれて、息が苦しくなった。

ライルはもしかして同性愛者……とか？

言われてみればルカも綺麗な顔立ちをしていたし、稚児《ちご》趣味があるのかもしれない。

そう考えると、まずまず納得はいく。

どちらにせよ、今ここで決断しなくては。

ぐずぐずしていてはライルの気持ちが変わり、役立たずはもういらないと海に投げ込まれたっておかしくない。折角救われた命だ。鮫の餌で生涯を終えるなんて、それこそ御免だ。

「……わかりました」

ここまで来てしまった今は帰り方を探すほうが困難だし、少なくとも、彼の囲われものになれば、船上生活での安全は保証されたも同然だろう。

――かなり、ものすごく、途轍《とてつ》もなく不本意だが。

「でも、約束してください」

「何を？」

「僕は怠《なま》けて女装をしているわけじゃない。理由があって、こういう格好をしています。だから、できる仕事があれば、ちゃんとやりたい。あなたの囲われものになるのは、それが見つかるまでの一時的な手段です」

珪の懸命な主張を聞いたライルは、「いいだろう」と頷いた。このときの彼がどんな顔をしていたかまでは、光の関係で見えなかった。

「商談成立だ。さっさと済ませようぜ」

「何を？」

「夜伽。既成事実を作っておかないとな」

今からするのか、と珪は呆然とその場に立ち尽くした。だが、いかにも決断の早そうなライルの前でぐずぐずするわけにはいかない。

「俺のところがいいか？」

「いえ、こちらに」

部屋の作りや設備などはどちらでも大差ないと思うが、船長のキャビンは操舵室《そうだしつ》に近いらしく、この時間帯でも人が行き来するらしい。誰かに気づかれるのは、あまり嬉しくはなかった。

ルカはこんな行為のために部屋を貸してくれたわけではないだろうが、今は非常時だ。

ルカの部屋の寝台は珪が出ていったままに乱れており、そこに腰を下ろした珪は上目遣いにライルを見上げた。

旧式のランプに灯を点《とも》し、ライルが珪を見下ろす。

「あ、あの……自分で脱いだほうが、いいですか？」

初めてのことだったが、何となく手順くらいは想像がつく。浮世絵にもそういうあぶな絵があり、同級生のあいだで回し見するのが流行《はや》っていた。とにかく、裸になって抱き合えばいいのだ。

「そうだな。着物の脱がせ方はわからない」

「簡単ですよ」

「やってみろよ」

俯いた珪が震える指で帯を解こうとすると、結び目が引っかかって上手くいかない。仕方なく襟を摑んで左右に広げ、諸肌《もろはだ》を出す。

心臓がばくばくとしているのは、緊張しているせいだ。

そのあとの手順に戸惑い、珪は沈黙したまま凍りついてしまう。するとそれを読み取ったらしく、ライルが耳の近くに軽くキスをしてきた。

「あとは俺がやる」

顔を上げられずにいる珪をライルが質素な寝台に押し倒し、改めて肩にくちづけてくる。

「っ」

いつもだったらくすぐったいと笑いだすのだが、今は驚きに息を呑んでしまい、思わず視線を彼に向ける。

こんなことするんだ……夜伽って。

怖い。

陽気で頼り甲斐のありそうな人。それがライルの第一印象だった。

なのに、今やライルが身に纏う雰囲気が豹変《ひょうへん》してしまっている。まるで、食事をする肉食獣のように獰猛《どうもう》だ。

「びっくりしてる場合か？　もっと色気を出せって」

「い、色気……」

むしろライルのほうが色っぽいですと言おうとして、黙り込む。極度の緊張から舌が縺《もつ》れ、滑らかに動きそうになかったせいだ。

「うー……」

力を入れて念じているうちに、毛穴から何か出ないかとぎゅっと目を閉じて力を込めていると、ライルが「いや、普通でいい」と低く耳打ちする。

「綺麗だな、おまえの膚」

褒めてくれるのはわかるが、緊張しすぎて感覚がなかった。

「う……それは、どうも……」

熱い唇を押しつけられて、膚をきつく吸い上げられる。どちらかといえば、こそばゆい。

ライルは肩だけでなく、鎖骨の端から中央の窪《くぼ》みに向かって舌を滑らせる。

「ふ……」

今、すごい事態が起きているのに、指一本たりとも動かせない。それでも顔が火照っているのくらいは、自覚できていた。自分の手が汗ばんでいるのも。

普段みたいにくすぐったいのに、躰がうずうずしてくる。不思議な感覚だった。

「どうだ？」

「すみません、くすぐったくて……それに……」

ライルの舌に、火を点《つ》けられていくようだ。とっくに全身が火照り、心臓が激しく脈打って……頭に血が上りすぎて気を失いそうだった。

羞《は》じらいゆえか、ライルを見ていられなくなって珪は再び目を瞑る。

「おまえ、怖いのか」

「怖いです」

瞼を下ろしていても、自分の目尻《めじり》に涙が浮かぶのがわかる。

だいたい、何もかも初めてなのだ。おまけに抜き打ちでこんないやらしい真似をされて、怖くないはずがなかった。

ライルが珪の目尻に浮かんだ涙をぺろりと舌で舐《な》め取り、「目を開けろよ」と囁いた。

それにこわごわ従うと、ライルは思いの外真摯《しんし》なまなざしで珪を見つめていた。

「名前どおりだ」

「え？」

「おまえの目、本当に黒真珠みたいだよ。真っ黒なくせに、どこか煌めいてる」

それはライルの探している宝物のことだろうか。まるで黒真珠とやらが珪を示しているかのような言いぐさだった。

「悪かったな」

囁くような声が鼓膜を擽り、彼は珪の額に恭《うやうや》しくくちづけた。

戸惑う珪をよそに、彼はすっと身を離す。

「遊びはこれでおしまいだ」

「あ……遊び……!?」

こんなに緊張して怖かったのに、これが遊びだっていうのか。

ライルが突然飄々《ひょうひょう》とした調子に戻ったので、珪は拍子抜けしてしまう。

「からかっただけだ。俺のクルーを信用してくれないっていうからな」

「そういうつもりじゃ……」

違うとも言い切れずに、珪は曖昧に言葉を濁す。

「でも、おまえの言動じゃそう言ってるも同じだ」

それは、彼の言うとおりだ。

自分を偽ることは、他者を信じてないと主張しているも同然だった。

「――ごめんなさい」

「ん？」

「騙していて、ごめんなさい。先に謝るべきだったのに……」

そんな基本的な点さえも、珪は謝っていなかったのだ。これではライルの心証を悪くするのも当然だと、珪は素直に頭を下げた。

「そこまでは怒っていないさ。おまえなりに必死なのはわかってる」

「でも……」

口籠もる珪を見下ろし、ライルは「謝ってばかりだな」と笑った。

「知り合ったばかりなんだ。おまえが俺を信用できなくても、それでいい」

「――優しいんですね」

浴衣の襟元を直した珪が震え声でそう言うと、ライルは厳《いか》つい肩を竦める。

「そうじゃないんだが……どうも、俺はおまえには弱いみたいだ」

「どうして？」

「さあな。これればかりはわからん」

お手上げだとでもいうようにライルは両手を挙げる身振りをし、困惑しきる珪を見下ろして頬を指先でなぞってきた。

「………」

くすぐったくて目を細めると、ライルは怪訝《けげん》そうな顔になる。

「なに？」

「……いや」

たったこれだけの仕種なのに、あたたかくて、気持ちがいい。

珪がそう受け止めるのは、ライルには不愉快なのだろうか。

「とにかく、俺はおまえを信じるよ、珪。この船ではおまえのしたいようにしろ」

ライルは静かな声で言った。

「理由は？」

「おまえを信じたいからだ」

それじゃ何の根拠もない。そう言おうと思ったけれど、ライルが自分を信用してくれるのは、とても嬉しい。

「夜伽はしなくていいが、女のふりをしているあいだは俺の愛人になったことにしとけよ。

どうして女の格好をしているかとか、聞かれたくないだろ?」

「はい」

いい人なんだ。いや、それだけじゃない。ただのいい人じゃなくて、彼の言葉には人を信用させるだけの強さがある。

揺るぎない自信のようなものが。

最初は天使に見えたけど、地に足の着いた力強いライオンの印象のほうが正しい気がする。

「だがな、一つだけ覚えておけ。おまえが信じなければ、周りもおまえを信じてくれない」

真摯な声が鼓膜を強く震わせ、珪は自《おの》ずと頷いていた。

「じゃあ、おやすみ」

「おやすみなさい、ライル」

珪の挨拶にライルはにやっと笑って片手を振る。一人で部屋に取り残された珪は、そのままぱったりと寝台に倒れ込んだ。

こうして怒濤《どとう》の一日が終わる。

何かが解決したかどうかは謎だったが、とにかく何もかも明日からだ。

そう、明日から……。

◇　◇　◇

がらがらと音を立てて走る馬車は、倫敦では今や貴重なものとなりつつある。馬車や騎馬に代わり街を席巻《せっけん》しているのは、蒸気で走る自動車の類《たぐ》いだ。

一見すると馬は装甲で頑丈な装飾をされているようだが、そうではない。この馬車は乗客の魔力で完全に制御されており、装甲の中身は空っぽである。

当然、御者《ぎょしゃ》も仕立てられていない。

馬車より降りたクロード・エミリアが屋敷の入口で執事に挨拶をし、微かに顎《あご》を振ると、がらがらと音を立てて馬が崩れていく。この光景を見慣れていると思《おぼ》しき執事は何も言わずに、一瞥するばかりで、馬の装甲を片づけさせたりせず、クロードに「どうぞこちらへ」と告げた。

「お久しぶりです、閣下」

「クロードってば呼んでも来てくれないんだもの」

暗がりの中で、子供特有の舌足らずで甘ったるい声が響く。

「――職務が多忙なもので」

誰のせいで忙しいと思っているのか、という言葉を喉の奥に押し込める。

「じゃあ、見つかったの？」

「いえ……見失いました」

「見失った？」

長い伝統を誇る屋敷の一つ一つの調度品は豪奢《ごうしゃ》なものだったが、広々とした部屋は厚地のカーテンのせいか薄暗く、どこか不気味な空気が漂う。

この倫敦では蒸気の力を借りたガジェットを揃えるのが流行になっているだけに、こうした昔ながらの設備しかない館は今や珍しいものだ。

「ほんとなの、クロード」

重々しく装飾されたマホガニーの椅子に腰を下ろした金髪の子供はそう問いかけ、手近な砂糖壺《さとうつぼ》から砂糖の塊を一つ取り上げて口に運ぶ。小ぶりのティーテーブルには真っ白なクロスがかけられ、切り分けられたラズベリーパイとティーカップが並べられている。

白いふわふわした飾りレースの目立つシャツに、艶のある黒地のジャケット。黒いズボン。ぴかぴかに磨かれた、エナメルの靴。

見たところ、三つか四つ。幼子《おさなご》とも思えぬアンバランスで大人《おとな》びた口調も、クロードには既に慣れたものである。

幼子は、プロフォンドゥム侯爵のアンブローズ・アディス。

クロードが彼を無下にできない理由は、アンブローズが幼いながらも魔術省のスポンサーであるとの一点に尽きる。アンブローズの後援の理由は呪われた血統の解放を研究してほしいとのことだが、最近では身長さえ伸ばしてやれば満足するのではないかとクロードは疑ってかかっていた。

「お詫びのしようもありません、閣下」

茶に近い金髪を持ち合わせたクロードの声は硬く、謝罪をしていてもどことなく通り一遍な匂いが含まれている。

「いいよ、クロード」

表向きは恐縮するクロードと対照的に、アンブローズは暢気《のんき》なものだ。

「黒真珠さえ我々魔術省の手中にあれば、重要な切り札となり得る。何としてでも手に入れます」

「どうやって？」

無邪気さを装った問いにクロードは口許を引き締め、「私が行きます」と答えた。

「そなたが日本に？」

「いいえ、日本にはもういないでしょう。もし私が黒真珠でしたら、父親を探しに倫敦に向かいます」

「えー、クロードがお出かけしちゃうの？　遊び相手がいなくなるの、嫌だなあ」

アンブローズは少しばかりつまらなそうに唸り、もう一個、砂糖の塊を直に口に放り込む。

クロードはそれを微かに眉を顰めて見守ったものの、口幅《くちはば》ったいことは言わなかった。

「私の不徳のいたすところで、申し訳ありません」

「いいけど、どこまで行くの？」

「軍に照会したところ、印度の駐留艦隊が気になる情報を打電してきました。それを精査したあと、印度へ向かいます」

誰が夏河義一を匿《かくま》っているのか——気になる点はいくつかあったものの、一人息子の珪とやらを捕まえれば事態は進展するかもしれない。

義一に関する捜査はとっくに手詰まりになっているためだ。

「ならば猿《さる》だ」

「は？」

自制を忘れ、クロードは不躾にも直截《ちょくさい》に問い返していた。

「土産は猿がよい」

「……猿、ですか」

「うん」

無邪気さを装った面倒な要求に、クロードは苦い顔になる。魔術においては様々な動物を供物にし、自身もそれを躊躇った経験はないが、猿はどうしても好きになれない。あの賢《さか》しさには虫酸《むしず》が走る

「考慮いたします」

クロードはあっさりと口にするが、その台詞はかたちばかりのものに近い。

だが、アンブローズのほうはそれを咎めなかった。

もう一度アンブローズは欠伸をすると、ひらひらと手を振った。

「さよなら、クロード」

「そこは『またね』でお願いします」

むっつりとしたクロードの指摘に、アンブローズは「そうだった」と頷く。

魔術士は元来、迷信深く験担《げんかつ》ぎをするものなのだ。

「縁起が悪いんだったな。まったく、そなたもおかしなことにこだわるものだ」

アンブローズは年に似合わぬ口調ですらすらとしゃべったあと、「おっと」と気まずそうに口を噤む。

それから誤魔化すように満面の笑みを湛《たた》えた。

「また来てね」

「有り難き幸せにございます、閣下」

クロードは跪いて恭《うやうや》しく一礼すると、応接室から抜け出した。

いつもそうなのだが、相変わらず気詰まりな会見だった。子供が不得手なクロードにとって、アンブローズは扱いかねる相手の筆頭だ。

そのうえ、時々あの可愛らしい外見を利用して周囲をいいように利用しているようで、それが気に入らないのも事実だった。外見と同じく中身が可愛いということなど、アンブローズに限っては絶対にないとクロードには断言できた。

己の研究を中断して印度に向かわねばならないのも、クロードにとっては腹立たしい事態だった。しかし、責任者であるだけに、今回の失態はどうあっても取り戻さなくてはいけない。

夏河博士に開発を委《ゆだ》ねていたエンジンの名称は、神的機関《ディヴァイン・エンジン》という。

魔術の力と科学の力を足し合わせた夢の機関で、出力の最大値は未知数、かつ無限大。わずかな魔力のみを燃料とするので、エネルギー効率はすこぶるよくなる。

今のように、石炭などの燃料がなくては機関《エンジン》を動かせないという事態が解消され、馬力のある機関を小型化できるはずだ。

また、工業化を推し進めて様々な部品を作るのも可能になり、かつて数学者のチャールズ・バベッジが作ろうとして、部品不足と資金不足ゆえに断念した階差機関の完成も現実のものとなろう。階差機関は計算をするための機械で、これが完成すれば工業の飛躍的な発展も夢ではない。

工業化はとりもなおさず兵器開発を推進させ、大量虐殺すら可能になる時代がやって来るに違いない。

そして最終的には、魔術もより高度なものとして極められるのだ。

当の義一はクロードのもとで研究にいそしんでいたものの、新たなエンジンの完成を目前にして、あの男は逃げ出した。いったい何に恐れをなしたのか。

――いや、わかっている。

義一は世界の変化を恐れたに決まっている。

科学者であれ魔術士であれ、已の業《ごう》を放り出す動機はだいたい同じようなものだ。

義一はただ逃げたのではなく、研究の成果を廃棄して消えた。それゆえに、彼を捕らえなくては研究は振り出しに戻ってしまう。

旧世界が再び覇権を握るためにも、新しい機関の開発は必須条件だ。

世界を変革し、手に入れるのは大英帝国にほかならない。

そのときこそ、世界は魔術と蒸気が支配するものに変わる。それこそがクロードの思い描《えが》く世界であり、世界はそのようなかたちに変革されるべきだった。

4

天気はぴかぴかの快晴だった。

航海日誌にも一日晴れだったと書けそうだ。昨晩、珪《けい》とのやりとりのせいで少し夜更かしをしたライルが欠伸をしながら甲板に出ていくと、甲板員たちが何やら深刻そうな面持ちでライルを待ち受けていた。

「お、皆揃ってるのか。おはよう」

「おはようございます、船長」

船の上では上意下達の世界で、船長の言は絶対なのが建前だ。だが、彼らも不満を溜《た》め込んでいたりしては仕事ができないので、ライルは適度にガス抜きをしてやろうと決めていた。要するに、不満があれば何でも聞く。聞き入れるかは別だったが、無視だけはしない。

今日もそんな雰囲気だったので、ライルは彼らの顔を順繰《じゅんぐ》りに眺めた。

「どうした、浮かない顔で。博打《ばくち》で有り金でも擦《す》ったのか？」

それならば船内での出来事なので、いつしか戻ってくると思うのだが、生憎彼らの表情は違うとでも言いたげだ。

「……いえ」

意を決したように、甲板長のリックが面《おもて》を上げた。髭面の男は愛嬌《あいきょう》のある垂れ目なのだが、熊のような体格なので喧嘩には滅法強い。拳闘の試合をしたときなど、本気のパンチを何度も腹に打ち込まれた。

「話があるんです、いいですか」

「ん？　だったら中で聞くよ」

ライルが出てきたばかりのキャビンを指さすと、彼は大きく首を振った。

「これは俺たちの総意なんで……ここで話させてください」

「了解」

随分深刻な話になりそうだ、とライルは不審げな面持ちで頷く。給料に関しては決められた賃金を払っているし、上に掛け合ってボーナスを出すときもある。危険な航海であっても、普通の船乗り以上に報酬がある仕事で、彼らだって意味がわかっているはずだ。

「俺たちはあんたを個人的に慕って集まってきた」

「うん」

「あんたが苦労してこの船を手に入れてから、仕事を軌道に乗せられるようこれまで共に頑張ってきたつもりです」

「もちろんだ。何もかも、おまえたちがいてくれたおかげだ」

ライルが人懐っこく笑うと、一瞬、リックは眩《まぶ》しげな顔になる。だが、そうした外面《そとづら》には騙されてはいけないとばかりに、ぶんぶんと首を振った。

「そう思ったんであんたの言うことには、極力従ってきたんです。あんたの決定はいつも、間違いないって思ってきました」

「そこまで信用してくれて嬉しいよ」

ライルの合いの手にリックは一瞬にこやかに笑みを浮かべかけたものの、「そうじゃなくて」と自分を誡《いまし》めるように声を荒らげた。

「そいつはいいんですよ」

「逆に、何がいけないんだ？」

見当もつかないと、ライルは首を傾げた。

「俺たちはあんたが色男で女に人気があるってのはよくよくわかってます。港ごとにイロがいても、娼館でいつも一番上等な女をものにしたって、それもあんたが大将だってことで納得してきた」

まさか、女絡みの意見とは想定外だ。

「何だ、我慢してたのか。だったら今度は試合で決めようぜ」

「いいんですか⁉」

「もちろん。おい、ハービィ。話に勝手に入るとリックに怒られるぞ?」

昂奮して割り込んできた若い甲板員に声をかけると、リックはむっつりと頷く。

「……おい、ハービィ。その話は後にしろ」

「悪い、俺が話の腰を折ったんだ。続けてくれ」

遮るもののない甲板では太陽が上がるにつれ、暑さが増している。そろそろまとめに入ってくれなくては、熱中症で倒れそうだ。

「だけど、今回の件だけはいただけません」

「今回の件? すまんが、どれだ?」

「あいつですよ」

びしっとリックが指さした先には、キャビンから出てきた珪の姿があった。ルカに衣服を借りたらしく、今日は飛行士服を身につけている。

白いシャツに黒いネクタイを締め、焦げ茶色のジャケット、同色のズボン。長いぴったりとしたブーツが足許を引き締めている。パラシュートを背負うためのサスペンダーつきのベルトはただの飾りだが、珪のすらりとした体軀《たいく》を際立たせていた。

「ああ、珪か?」

うん、可愛い。

なるほど、美形ならば存在そのものに華がある——自ずと脂下《やにさ》がりそうになるライルに、

「そうです」とリックがぶっきらぼうに答えた。

「色気は欠片もないですが、女ですよ！　おまけに英国まで乗せていくとか！」

苛立ったようなリックの台詞に、ライルは彼らが何を言いたいのか悟った。

服装も相まってだいぶ男っぽく見えるが、そういう問題ではない。そもそも、女人禁制が暗黙の了解である船に、こともあろうに女が乗っているのだ。船長からして規律を破っているのは、いくら連中の気がいいと言っても、さぞや不満だろう。

年頃で可愛らしい『女性』が乗り込む効用と、扱いによっては彼らが浮き足立つのをもっと考慮に入れておくべきだった。

反省するライルの気持ちも知らず、珪が少し緊張した面持ちで笑いかけてくる。

「おはようございます、皆さん」

船員の不穏な様子にもまったく気づかずに、近づいてきた珪が丁重に頭を下げる。大した図太さだとライルは内心で舌を巻いた。

「おはよう。よく眠れたか？」

「はい！　皆さん、朝礼か何かですか？」

のほほんとした珪の様子にライルはおかしくなる。案の定、リックたちは怒ればいいのか笑えばいいのかといった複雑な顔つきで立ち尽くしていた。

「早朝なのに、この船の皆さんはとても仕事熱心なんですね」

感心した様子で珪が一同を眺めたため、彼らは毒気を抜かれたような表情になる。だが、いち早くリックが我に返って、わざとらしい咳払いをした。

「珪、と言ったな」

「はい」

「俺たちはおまえを船に乗せるわけにはいかないんだ。今、船長に掛け合って、おまえを途中で下ろしてもらう算段をしてるところだ」

「………」

驚いたように珪が目を見開き、ライルを真っ向から見据える。話が違うとその目が訴えており、ライルは緊迫した状況も忘れてつい笑いだしそうになった。

やっぱり、とても可愛い。

「おまえ、こいつらが下りろと言ってるんだが、どうだ？」

「それはできません。僕はどうしても英国に行かなくてはいけないんです。そのためなら、何でもします」

一晩寝たら頭が冷えるかと思ったが、昨日と決意はまるで変わっていないようだった。

女装までする玉が、こんなところで簡単に諦《あきら》めてくれるわけがない。いや、そうでなくてはライルだって面白くなかった。

「……だよな」

ライルはうんうんと頷いて、そして一同の顔を順繰りに見渡す。先ほどのような不満顔の者は少なかったが、彼らが珪を受け容れていないのは一目瞭然だ。

「そういうわけで、おまえら。珪に関しては諦めてくれ」

「諦めるって？」

「こういうことだ」

珪の細腰を抱き寄せたライルは、その桜色の唇に軽くキスをする。

腕の中で珪が身を強張らせた。そして次の瞬間に右手を振り上げようとしたが、その手を俊敏に摑んで阻止する。

びくんっと彼が胸の中で震えるのがわかる。

いくら何でも顕著すぎる反応だが、どうしたのだろう。ライルにキスをされるのがよほど嫌なのか、それとも……？

昨日は怒らなかったのに今日は怒るなんて、人前は嫌なのかもしれない。

港町の娼婦なら、むしろ、ライルとキスをするのを喜ぶところなので、これはまたとても新鮮な反応だ。

「船長、何を…」

狼狽《ろうばい》に男たちが騒ぎ出したものの、ライルとしては頓着するつもりはない。

右手を軽く挙げて彼らを制し、真っ赤になった珪の顔を両手で包み込むようにして彼らの

方を強引に向かせた。

「可愛いだろ？　こいつは今日から俺の愛人だ。船を下りろって言うなら、そのときは俺も一緒だ」

ライルが一語一語を嚙み締めるように宣告すると、リックが「ええっ」と頓狂な声を上げる。

「愛人を乗せるなんて、ますます酷いじゃないすか！」

「船長らしくありません！」

口々に反対意見を告げられたものの、ライルは退《ひ》くつもりはない。

「いいだろう、珪」

「はい」

蒼褪めていたものの、珪もまたすんなりと受け容れた。

この先は針の筵《むしろ》で暮らす羽目になっても、意に介さないと言いたげだ。

なるほど、大和撫子でなくて日本男児というものらしい。

意地っ張りで、強情。見かけによらずに頑固。

理由を打ち明けてくれれば別のやり方で手を差し伸べられるのに、自分一人で懸命に運命に抗《あらが》おうとしている。

この期に及んで性別を隠しているのは気に入らないが、そのためにどんなに非難されようとも受け容れる。珪の真っ直ぐな気性が好ましく思え、ライルは微かに笑んだ。

「船長！」

なおも乗組員が騒いでいるので、ライルはため息を一つついた。

そして、素早く自分の拳銃を抜く。

「だめですっ」

真っ青になった珪が何かを叫び、次に「Ｎｏ‼」と言い換え、力強く声を張り上げた。

だが、ライルは頓着せずに銃口を上方に向けると引き金を引いた。

ぱんという乾いた音のあと、マストに止まっていた鳥がどさりと落ちてきた。

白い羽が血で汚れ、甲板には赤黒い液体が広がっていく。

「おまえら、腹が減って苛々《いらいら》してるんだろ。それでも喰え」

落ちてきた鷗《かもめ》を顎で指し示すと、リックはむすっとしたまま「全員分にはほど遠いですが」

と言い放つ。

「ん？　つまり、全員分、俺に撃てと？」

「できませんかね」

挑戦的な目つきで問いかけるリックに、ライルはふんと鼻を鳴らした。

長年の船上暮らしで若干勘は鈍っているとはいえ、射撃は人に負けた記憶はない。

「いいよ、やってやる」

拳銃を構えようとしたところで、「ライル！」とまさしく怒声が空気を震わせた。

「あなたという人は！　用もないのに銃を使うとは何ごとですか！」

「げっ」

足早にやってきたルカは眉を吊り上げており、ライルはリックと顔を見合わせてその場から逃げ出した。


「愛人ねえ……」

「いったい船長も何を考えてるんだか」

ぼそぼそとしたわざとらしい囁き声が、珪の鼓膜を擽る。

乗船二日目にして、珪の船上生活は既に雲行きが怪しくなっていた。

ノエにも助力を頼んで船内での自分の仕事探しを始めたのはいいが、愛人なる立場のせいで、なかなか上手くいかない。

だが、ライルの言葉を受けて立ってしまったのは、ほかでもない珪自身なのだ。

珪を庇ったライルがなぜか夕食に鶏肉を振る舞うパフォーマンスで船内の空気はぎりぎり平常に保たれているものの、料理を手伝わせてもらうでもなく、ただ飯喰らいが乗船している状況には変わりがない。

おまけに、鷗の肉はそんなに美味しいものではなかった。

それはいいとしても、何とか流れを変えなくては。

「珪、その服いいね」

甲板でもちょうど格納庫の日陰になる部分に座り込み、ノエがロープを補修している。

これは珪とノエの救出のために使い、傷んでしまったので修繕するようにとノエが言いつかったのだ。といっても手を動かしているのはノエであって、珪にはなすすべもない。話ながらもきちんと作業するあたり、ノエは慣れているようだった。

「すごくいいよ。なんだか男の子みたい」

「う」

「あっ、褒めてるんだよ、凜々《りり》しいって。別に、男に間違えたわけじゃないからね！」

ノエは手を休めずにそう告げる。話の雲行きが怪しくなるのを警戒し、珪は自ら別の話題を振ることにした。

「ねえ、ノエ。何か僕にもできること、ないかな」

「何かって？」

「要するに、手伝いたいんだ。ルカさんの話し相手だけじゃ、一時間もかからないし……」

珪が甲板に両手を突き、身を乗り出すようにして頼んだものの、ノエは素っ気《そけ》なく首を振るばかりだった。

「甲板員の仕事は特にないと思うよ。珪、ロープの補修はできる？」

甲板長とは、あの熊みたいなリックを指している。

「やったこともない」

「だよね」

ノエはさらりと答え、落胆する珪の顔を一瞥した。

「でも、航海のあいだは何もしなくていいじゃないか。珪は船長の愛人なったんだよね？」

「！」

まさかノエにまでその話題を持ち出されるとは思わず、珪はむせそうになる。

「リックに聞いたよ。でも、愛人ってなに？」

よかった。ノエが愛人の概念を理解していないのは喜ばしいが、リックはなんていう下品な言葉を子供に教えるんだろう。

「えっと……つまり、その、特別な友達、かな」

「そっか。とにかく、二人は特別な関係だから、働かなくていいんだって。ぼくが珪を守らなくてもいいって……」

ノエが淋しげに目を伏せて、ロープをぎゅっと握り締める。彼なりに使命感に燃えていただろうに、それを珪が奪い取ってしまったのだ。

「あ、いや、ノエにはもちろん守ってほしかったけど、その、大人の事情が……」

あわあわと弁解する珪がおかしかったのか、ノエは呆気《あっけ》なく機嫌を直してくすっと笑った。

「いいよ、怒ってないんだ」

「ごめんね、ノエ」

しょんぼりとする珪に、ノエは「元気出してよ」と言ってくれる。

「僕にも何かできないかなあ。ノエ、知らない？」

「うーん……でも、女の人ができる仕事なんてほとんどないよ」

「力仕事はどうかな。少し自信があるんだ」

「そんなに細いのに⁉」

ノエは大きな目を更に丸くして、珪をじっと見つめる。

「うん、同年代の男くらいには」

「甲板員はあまり仕事がないし、機関室と石炭庫の仕事は大変すぎて、女の人には無理だよ」

そう言われたけれど、珪は「でも、頼んでみる！」と強引に会話を打ち切って立ち上がった。

「珪！」

船に乗せてもらっている以上は、珪の居場所が必要だ。愛人なんてのはただの言葉の上のものにすぎず、それに胡坐《あぐら》をかくのは珪の性格上無理だ。

それに、珪はよくともライルに対する船員の心証が悪くなるに決まっている。

いや、現段階で既にかなり悪くなっているはずだ。これ以上悪くなるのは危険すぎる。

意を決した珪が力強い足取りで三層目の機関室に向かうと、休憩中なのか、扉の前で談笑していた機関員たちが不審げな顔になった。

「何だ、嬢ちゃん」

「女が何の用だ」

廊下に唾を吐いた男だけでなく、皆が一様に不機嫌な顔つきをしているのは、どうやらライルが「自分の愛人だ」と言ったのがここまで伝わっているせいらしい。狭い船内では、噂なんてものの三十分もかからないで駆け巡るのだろう。

口々に捲《まく》し立てられて怯《ひる》みかけたが、珪は深呼吸をして落ち着こうとする。

「手伝いに来ました」

珪が心持ち胸を張ってそう告げると、彼らは顔を見合わせて、次に笑いだした。

「はあ？」

「機関室の手伝いに来たんです。何か、仕事はありませんか？」

「手伝い！　嬢ちゃんが！」

彼らはどっと沸く。

「無理、無理だって。男でもきつい仕事なのに、あんたみたいな細っこいやつ……しかも女にできるわけないだろ」

珪の真摯な発言でさえも、受け取るほうには滑稽に思えたのだろう。確かに機関室の熱気は凄まじく、分厚いドアを通してもここまで伝わってくるほどだ。

「この船に乗ってる以上、ただ飯喰らいってわけにはいきません」

珪は食い下がる。

「船長のイロに力仕事をやらせたとあっちゃ、俺たちが怒られちまう」

「ライルには話してあります」

「あんたは夜、頑張りゃいいんだよ」

下卑《げび》た冗談に、珪はかっと頬を染めた。

男たちはどれほど機関室の仕事がきついか身振り手振りで伝えたものの、だんだん面倒臭くなったらしい。

「仕方ねえな」

機関室の前に立っていたひときわ横幅の大きな男が、頷いた。以前は頭をまるっと剃《そ》り上げていたらしいが、今はところどころに毛が生えて少し間抜けな様相になっている。

「これから俺の当番だ。どうしてもって言うなら手伝わせてやるよ」

「おい、マルコ。石炭繰りをさせるなんて、正気か？」

「船長の許可があるんだろ？」

「はい！　よろしくお願いします！」

マルコと呼ばれた船員は「いいじゃねえか」と肩を竦めて、仲間たちの不満を宥《なだ》める。名前を聞くにイタリア系なのか、英語もひどく癖が強かった。

「嬢ちゃんがどこまでやれるか見てみようぜ。やりたいって言ったのは本人だ」

「お願いします」

食い下がる珪を目にし、彼らは呆れたように肩を竦めた。

「船長にどやされても知らないぜ」

「俺が責任取る」

マルコは簡単に請け合うと、「こっちだ」と珪を石炭庫の中に連れていった。

機関室の隣は石炭庫になっており、扉一枚で繋がっている。といっても、その扉は人間が出入りするためのものではなく、石炭を取り出すためのものだ。ボイラーに投入する石炭をシャベルで掻き出していると山が低くなり、機関室側から取り出すのが不自由になる。そのため、石炭庫でも石炭の山を積み上げ、扉の中に向かって自然と落ちてくるようにするのだ。

「この端にある石炭をあっちに移すぞ」

「はい」

埃《ほこり》っぽかったので、ベルトを外して上着を脱いだ珪は、首にかけていたゴーグルを装着する。これで少しは煤の不着を防げるはずだ。

「掘ってみろ」

「わかりました！」

木製の柄のついたシャベルを石炭の山に立て、ぐっと深くすくう。

「う」

重い。

ずしりと両手に重みが伸《の》し掛かる。それでも歯を食い縛って機関室に通じるドアのところに運んでいくと、マルコは「それじゃだめだ」と厳しく断じた。

「だめですか？」

「そんなんじゃどれだけ時間がかかると思う？　機関《エンジン》はこの船の命だ。機関が止まれば、船も止まる。それくらいわからないのか？」

言われるままに、珪はすくった石炭を反対側の壁に向かって投げる。バランスを失った躰はぐらりと揺れ、こてんと倒れてしまう。

「よいしょっ…」

それだけで息が切れた。

「もっと踏ん張れ」

「は、はい」

返事はいいのだが、重い石炭をすくって上方に向けて投げるという一連の動作は、珪には今まで経験したことのない重労働だった。

「もっと早く！」

これでマルコが怠けていれば不満もあるが、彼は珪を監視しつつもきちんと自分の仕事をこなしている。

すくう。投げる。すくう。投げる……その一連の作業を繰り返しているうちに、珪とマルコの作り上げた石炭の山の大きさの差違は歴然となった。

おまけに、隣室からは凄まじい熱気が押し寄せ、この作業をしているだけで汗みずくになる。

足許も覚束《おぼつか》ず、珪は文字どおりにふらふらになっていた。

「もういい。嬢ちゃん、あっちへ行きな」

「えっ⁉」

確かに汗だくだったが、まだ三十分も働いていない。もう少しくらい、頑張れるはずだ。

「手、血が出てるぜ」

「あ」

その言葉に我に返って自分の両手を目にすると、やわらかな掌にはもうまめができ、破れて血が滲《にじ》んでしまっていた。

「のろすぎるんだよ」

「すみません」

「謝って済む問題じゃない。さっきも言ったが、蒸気機関が止まるとこの船も止まるんだ。機関室はこの船の心臓だ。俺たちは誇りを持って仕事をしている。生半可な気持ちで手伝うなんて言われちゃ、困るんだよ」

マルコの厳しい指摘に、珪は「すみません」と肩を落とした。

「それがわかったら、部屋に戻りな。できることがないなら、閉じ籠もっててくれたほうが有り難いんでな」

「ありがとうございました。でも、部屋には戻りません」

珪は慌てて首を振った。

「何だって？」

「ほかに何かできないか、探してみます！　ありがとうございました」

ぺこりと頭を下げた珪は、石炭庫を後にする。振り返って階段を上り始めた瞬間、ぽたぽたと涙が零れてきた。

悔しかった。

マルコたち機関員は、珪に厳しさを教えようとしたのかもしれない。本気で手伝わせるつもりなんて、なかったのかもしれない。

だからって、本当に何もできないなんて、あまりにも惨めだ。

「だからおとなしくしてりゃいいんだよ。俺たちの仕事、増やしやがって」

「女なんか乗せて、火種になっても知らないぜ」

「あんな鶏ガラみたいなやせっぽちが？　船長の趣味を疑うね」

聞こえよがしなのか、珪の耳に届いていないと思っているのかは不明だったが、休んでいた連中が一斉に笑う声が耳に届いた。


船倉の荷物をチェックしていたライルは、木箱に詰め込まれていたライフルを取り上げる。装弾をチェックしていたところに、ルカが「どうするんですか」といきなり声をかけてきた。

「脅かすなよ、あいつかと思っただろ」

仕立てのよいフロックコートにクラバットを締め、眼鏡をかけたルカの身だしなみは完璧だ。この暑い地域で、よくもここまで暑苦しい服装に耐えられるものだ。我慢大会にでも出るつもりなのだろうか。

「あいつ？」

「珪だ」

「珪には船倉への立ち入りを禁止したんでしょう？」

怪訝そうなルカに、ライルは「当然だ。ここはリベルタリアの宝物庫だぜ？」と答える。

「武器を満載とは、物騒な宝物庫ですね」

ルカは軽く首肯した。

「で、何だ？　問題でも？」

「珪を愛人などと言ったと聞きました」

「あ、うん。言ってなかったな」

そういえば事後報告だったと思い出し、ライルは頷く。細いランプの光だけであたりは照らしだされており、ルカの表情はいつもにも増して硬く見えた。

「どうしてそんな……乗組員を動揺させるなんて、船長失格です」

「どんなときでも重大な局面では平常心を取り戻せるように、訓練しておかないとな。おまえの愛人って言うよりは、信憑性《しんぴょうせい》あるだろ？」

「そういう問題じゃありません！」

ルカは自分が手にした帳面で、荷物の詰められた木箱を叩く。おかげでぐらりとランプが揺れ、ライルは眉を顰めた。

「おい、冗談だ。やめろ、火が燃え移ったらどうする」

「この船は吹っ飛ぶでしょうね。それだけの火薬があります」

「おまえは冷静なのか昂奮してるのか、どっちなんだ」

「どちらもです」

ルカは至極真面目な顔つきで告げる。

「おまけに、珪に何か焚《た》きつけませんでしたか？」

「いや？　何かまずいものでも見つかったのか？」

「違いますよ。機関室だの石炭庫だの、仕事ができないかとうろうろしています」

「石炭庫に機関室？」

ライルは吹き出しそうになった。いくら珪が男でも、そんな過酷な現場で手伝いなどできるわけがない。屈強な男だって音をあげるような現場で、新人の中には港に着いた途端逃げ出す輩もいるのだ。

「で？」

「三十分ほど頑張ったみたいですが、それまでですね。いくら何でも女性には無理です」

「だろうな」

愛人宣言のせいで珪の評判はすこぶる悪くなり、風当たりがきつくなっているのは容易に想像できた。

珪のことは嫌いじゃない。いや、むしろ、彼を必要以上に気に入りつつあるとの自覚はライルにもあった。

それゆえに、この船の連中を信頼してほしい。

無事に旅を続けたいのであれば、それは必須条件だ。

それに、心を開けない相手と一か月近く一緒にいるなんて、珪自身もさぞや居心地が悪いだろう。

船員たちも最近航海に慣れて気が緩んでるし、風紀を引き締めるにはちょうどよかった。

「どちらにせよ、危なっかしくて仕方ない。心配になります」

普段は冷たいルカにしては珍しく、真剣に珪の身の上を案じているようだ。

大和撫子に憧れる彼のこと、珪が男だと知ったらひどくへこんでしまいそうだ。ルカは普段は冷静沈着で判断力もライル以上にあるし、今の珪の外見でわかりそうなものだが、日本文化への傾倒ぶりが彼の目を曇らせる最たる要因だ。

これで珪が男だと知れたときの反動が恐ろしいが、嫌なことは極力考えないようにしていた。

「うちのクルーなら大丈夫だ。手出しはしないだろう」

「この船の秘密を守ろうと無茶をするかもしれません」

「そうなったらそうなったで、俺が何とかする」

ライルが簡単に請け合うと、ルカは「仕方ない人ですね」とため息をついた。ライルが珪に関しては己の意志を曲げないと察したせいだろう。

「おまえだって、もう少し日本の話を聞きたいだろ？」

「だとしても、ものには優先順位があります」

「どっちが大事なんだ？　珪と船と」

「船に決まっているでしょう」

何を愚かな質問をするのかとでも言いたげに、ルカが言い放った。

「憧れの大和撫子相手でも？」

「ええ。大和撫子との生活は素晴らしい機会でしたが、それだけですよ。私は自由に忠誠を誓った身の上です」

「あいつに聞かせてやりたいな」

思わずそんな言葉が口を衝《つ》いて出てきたものの、ルカはわずかに眉を上げる。

「この心の自由は誰にも奪わせません」

ルカの左手を奪い、自由さえ取り上げようとした男。

あの男のせいで初めて会ったときのルカはただ冷酷なばかりで、人間味が感じられなかった。そんな彼が日本文化に出会ってそれに目覚めてくれたときは、驚いた反面でほっとした。

彼が生きることに興味を持ってくれたようで、嬉しかったのだ。


「ふう……」

どろどろに疲れているはずなのに、目が冴《さ》えてしまって眠れない。

食事だって無理やりにでも食べたほうがいいとわかっていたが、食欲が湧かずに残してしまった。

こんなことじゃだめだってわかっているのに。

狭い寝台に横たわった珪は、両手で自分の目許を覆う。

まだ眠くもないのだが、ほかにやることがない。

何もない……。

何も。

無知というのは、時に考えものだ。石炭庫の当番があんなに大変だとは、夢にも思わなかった。石炭の重み。粉塵《ふんじん》の凄《すご》さ。顔も手も真っ黒になって、借り物のシャツもひどく汚れてしまった。

「役に立たないの、辛いなあ……」

久しぶりに日本語でぼやく。ついこのあいだまでは何げなく発していたはずの言葉が、今となってはとても貴《とうと》くて大事なもののように思えてきた。

泣きたいくらいの気分になり、珪は目許を擦る。

泣いたらだめだ。自ら志願して愛人になったし、仕事を探すと啖呵《たんか》を切ったのだ。

ここで涙を流せば、己の負けを認めることになる。

と。

外から何か物音が聞こえた気がして、珪は身動《みじろ》ぎをした。

「?」

またた。

まるで誰かが窓ガラスを叩いているような音で、不審に思いつつも珪はキャビンの丸窓を見やる。おそるおそるそこに近寄ると、向こうにいる人と目が合った。

「ひゃっ」

幽霊かと思って思わず一歩後退ったものの、すぐに違うと判明した。ライルが腹を抱えて笑っている。

こんな夜中に何の用だろう。

「……ライル?」

廊下に出て甲板に通じるドアを開けると、ライルが「デートしないか」と言って手を差し伸べてきた。

「デート?」

「日本ではそういうのはないのか? 男女が二人でどこかに出かけるって」

「あ、」

逢い引きのことだろうかと言いさして、珪は躊躇った。考えるだけでも恥ずかしく、照れてしまう。

いうまでもなく、逢い引き初体験だ。

真っ赤になったのに気づいたのかどうか、ライルはいつもと同じ様子でくっと顎をしゃくった。

「いいから、来い。外の空気もたまには吸えよ」

「たまには？」

「午後はずっと船内に閉じ籠もってんだろ」

ライルは明るい調子で珪に促《うなが》す。甲板の散歩をするのは魅力的だし、ライルと一緒なら足を滑らせて海に落ちるなんてこともなさそうだ。――でも。

「二人でいるところを見られたらまずくないですか？」

「なんで。愛人なんだしいいだろ」

「………………」

ライルの愛人宣言は、船内の動揺を招いていた。

ライルは人望があるようだったが、当然だ。珪だって尊敬する相手がルールを破って自分にだけ都合のいい振る舞いをすれば幻滅し、反発する。

ライルが先に歩きだしたので、珪はゆっくりと彼の後ろをついていく。十二分に距離を取っていたつもりだったが、不意にライルが手を伸ばした。

「珪」

「あっ」

腕を、摑まれた。

大きな掌は、髪に触れられるときに感じたのとはまた違う熱を持っているみたいだ。くすぐったいのとはまた違って、ちくちくするような、どきどきするような……。

驚いた拍子に足が縺《もつ》れ、彼の肩に顔を埋《うず》めてしまう。

「悪い、強く引っ張りすぎたな」

「いえ、勝手に転んだだけです」

「顔、赤いぞ」

「あ、えっと……くすぐったくて」

珪の返答にライルは安堵したような顔つきになったが、握ったままの手を離そうとしない。

「ライル？」

「ん？」

「腕、どうして摑んでるんですか？」

「だってそのほうが愛人らしいだろ」

何も言えなくなった珪を見やり、ライルは喉を震わせて笑った。

それから、笑いをおさめて珪を真っ向から見下ろす。

「なあ、珪」

「はい」

少し深刻な口調で話しかけられたので、珪はライルを見上げる。今日は曇り空なので星は見えず、吹きつける風が冷たい。

「辛いこと、ないか？」

「あります」

即答した珪は、ライルに一歩詰め寄った。その迫力に驚いたらしく、ライルが弾みで珪の手を離す。

「何だ？」

「石炭を運ぶコツ、知っていたら教えてください。お願いします！」

間髪《かんはつ》容《い》れずに頭を下げた珪を見やり、ライルがぷっと吹き出した。

「えっ？」

何か変なことを言ってしまっただろうか。

「あのさ、いくら何でも色気がなさすぎるだろ？」

「色気って」

「こうして夜、おまえを誘いに来てるんだ。月明かりの下で俺を見て、惚れ直したりしないのか？」

「惚れ直すっていうのはおかしいです。好きになってないと成立しません」

語学的な間違いを正されて、ライルは顔をしかめた。

「でも悪くないだろ？」

「惚れるくらいに格好いいところ、まだ見せてもらってません」

「助けてやったじゃないか」

「あのときは気絶してたんですよ？」

珪が唇を尖らせると、ライルは「それもそうか」と同意する。

「じゃあ、俺の格好いいところをまた見せないとな」

「どうして？」

「そりゃ、惚れてほしいせいだ。この船の連中は、みんな多かれ少なかれ俺に惚れてるんだ」

自信ありげにライルがにやりと笑うのを見て、なんだかおかしくなってくる。

——あ。

今日、初めて朗らかに笑った気がする。一日中張り詰めていて、情けない気分でいたから。

こんなふうに笑えるのは、本当はものすごく大事なのだ。

なのに、帝都にいるときは気づけなかった。自分がどれほど恵まれていて、級友たちに気遣われていたかさえ。

5

二日間、珪《けい》は狭い船の中を船倉以外はくまなく歩き回った。

厨房も手伝いたいと言ってみたのだが、こういう船に専属の料理人などという贅沢《ぜいたく》なものはいない。それぞれが順繰《じゅんぐ》りに食事当番をするため、珪の入る余地はない。それに、珪に彼ら好みの料理ができるかと言われれば、かなり怪しかった。

結局は言われもしないのに皆の集まる食堂の床やテーブル、椅子《いす》を磨くだけ。そのうえ、折角《せっかく》見つけた仕事は呆気《あっけ》なく終わってしまった。

「あーあ……」

へこみきった珪が甲板を眺めると、ノエが舫《もや》い綱《づな》の結び方を習っているのが目に飛び込んでくる。

どうせ上手《うま》くできないのは目に見えていたので、手伝いたいとは口に出さなかった。

ルカにも仕事を割り振って欲しいと頼んだが、女性にできる役割分担はないとあっさりと断られた。

「ふー……」

呟《つぶや》きともため息とも取れるものを吐き出し、手摺《てす》りに凭《もた》れ掛かる。

生あたたかい熱帯特有の空気に包み込まれ、汗が噴き出してきた。手持ち無沙汰《ぶさた》のまま珪がじっと右舷《うげん》の方角を認めていると、右前方がひどく暗い。

天候の変化自体は、別段珍しくもないが。

空気といい雰囲気といい、どうもいただけない。

このあいだのサンライズ号のときと同じだ。

嫌な予感がした珪は目を眇《すが》めて、もう一度焦点を合わせようとするが、肉眼なのではっきりとしない。檣楼《しょうろう》を見上げても、当番の者の姿もなかった。

珪のそばでは三人の甲板員たちが手摺りに凭れて談笑しており、珪が近づいていくとあからさまに視線を逸《そ》らした。

「あの」

勇気を出して話しかけても、振り返ろうともしない。

「あの、あっちの雲が……」

切り出してみたものの、やはり反応はなかった。ノエならば話を聞いてくれるだろうが、その姿がない。

何もかもライルに相談するのも彼を煩わせそうだし、珪は操舵室《そうだしつ》に向かうことにした。

「すみません」

扉を叩くと、「なに？」とすこぶる機嫌の悪そうな顔つきで、青年が顔を出した。欠伸《あくび》をしているところを見ると、眠いようだ。

昨晩は遅くまでキャビンがうるさかったから、きっと賭博《とばく》でもしていたのだろう。

「進行方向なんですけど、右手が何となく薄暗いんです。嵐の前かもしれないと思って」

操舵室は見通しがよい場所に設けられているが、死角があるのでこの船には檣楼も備えられ、甲板員が交代で天気を見張ることになっていた。

「檣楼は……この時間はジョージの仕事だ。あいつならちゃんとやってくれる」

「それが、ジョージさんの姿がなくって……」

「さぼりかよ」

男はちっと舌打ちをし、「わかったよ」と気怠《けだる》い様子で立ち上がった。

「あんた、仕事が欲しくて俺たちに適当なことを言ってんじゃないのか？」

「そんな馬鹿なこと、しません！」

生欠伸をした甲板員に、珪は小さな苛立《いらだ》ちを感じた。このあいだのサンライズ号のときも、そうだった。確かに珪は素人《しろうと》だが、彼らを困らせたいわけではないのだ。

「わかったよ。一度だけだからな」

「ありがとうございます！」

操舵室をもう一人に任せて、双眼鏡を摑んだ青年が見晴らしのよい上層階へ上がる。

「何にも……うわっ‼」

彼が大きく叫び、すぐさま階段を駆け下りてきた。操舵室に飛び込む寸前に、「嵐が来るって言え」と怒鳴る。

「でも！」

「また波に攫《さら》われるぞ」

青年はそう言ったきり、操舵室の扉をばたんと閉めた。

事実、風が先ほどよりも、格段に強くなっている。船室にも強風が吹きつけ、その中に大きな雨粒が混じり始めていた。

「うわっ」

船が大きく傾《かし》ぎ、珪はよろけて壁にぶつかってしまう。

サンライズ号の事件から、まだ一週間も経《た》っていない。生涯二度目の難破なんて、絶対に御免だ。

もしかして自分は本当に厄病神なんだろうか？

そんな卑屈《ひくつ》な思いが込み上げてきて、慌てて首を振る。もっと前向きに考えなくちゃ、だめだ。

いくら海の天気が変わりやすいといっても、吹きつける風の勢いは既《すで》に尋常ではない。だが、甲板から船内に戻るだけでも、吹き飛ばされないよう気をつけなくてはならなかった。部屋に戻るとがたがたとドアが揺れ、浮世絵の額も震えている。

落ちたらまず間違いなく割れてしまいそうなランプを床に置き、珪はほかの場所を手伝おうと決めた。

貴重なものが多いのは船倉だ。ちょっとやそっとの嵐ではびくともしないように荷物は詰め込んでいるはずだが、人手が必要な場合もあるかもしれない。

足早に階段を下りた珪が船倉の前に向かうと、案の定、船員たちが忙しそうに行き来していた。

「すみません」

入口付近にいる船員に声をかけると、すかさずじろりと睨《にら》まれる。

「何か手伝う仕事はありませんか？」

「ねえよ。邪魔しないで、上に行ってな」

すげなく追い返されて、珪はしょんぼりと項垂《うなだ》れたまま船倉の前を後にする。

そういえば、ノエはどこへ行ったのだろう。

短いあいだに二度も嵐に巻き込まれれば、いくら船乗りの見習いとはいえ恐怖くらい感じるだろう。ましてや、ノエはまだ子供なのだ。

「ノエ……？」

船員たちが交代で休む船室を覗《のぞ》き込む。薄暗い部屋にはいくつもの寝台が並べられていたが、人が寝ているものはなさそうだ。

「誰か、いませんか？」

もう一度声をかけて部屋の中を進んでいくと、誰かの激しい息遣いが聞こえてきた。

「……珪？」

近づいた珪に、か細い声がかけられる。

「ノエ……」

部屋の片隅に座り込んだノエは、かたかたと震えていた。大きな目は潤んでおり、相当怖い思いをしていたらしい。

「平気だった？」

「うん」

ノエはこくりと頷《うなず》いたが、どおんという激しい音が聞こえてきたせいで「ひゃっ」と首を竦《すく》めた。咄嗟《とっさ》に手を伸ばし、ノエの上体を抱き締める。

こうして自分から他人に触れるのは平気なのに、どうして誰かに触れられるとくすぐったくてたまらないのか……そんな関係のないことを考えてしまう。

ノエは暫《しばら》く言葉もなかったが、やがて落ち着いたのか、背中をさすっているうちにそっと身動《みじろ》ぎをした。

あまりずっと抱いていても彼が恥ずかしがるかと思い、珪はさりげなく腕の力を緩め、ノエから躰を離す。

「ごめんね、一人にして」

「ううん」

目に涙を溜《た》めたままのノエははにかんだように笑って、自分の目のあたりを両手でごしごしと擦《こす》る。

部屋はむっと蒸し暑く、座っているだけで汗が出てくる。こんなところに閉じ込められていたら、干涸《ひか》らびてしまいそうだ。

「水、もらってくるよ」

「でも」

「すぐ戻ってくるよ。このままじゃ具合が悪くなっちゃう」

珪は船室を出て、上階に向かう。ここに厨房を兼ねた食堂があり、水も置いてあった。

短い廊下を駆け足で進むと、食堂の前で人影が動くのが見えて足を止めた。

「いたぞ‼」

いたって、誰が？

思わず珪は振り返ったものの、背後には誰もいない。もう一度前を向くと、悪鬼のような形相で船員たちが詰め寄ってくるのに気づいて数歩後退《あとずさ》る。

「おい、おまえ！」

「はいっ」

反射的に大声を上げたが、その瞬間、船ががたっと大きく揺れた。

「！」

衝撃で尻餅《しりもち》をついた珪が暫く立ち上がれずにいても、誰一人手を貸してくれない。

天候の変化くらい、以前は何ともないはずだった。なのに、このあいだの難破のときの記憶がまざまざと脳裏にこびりついている。

——怖い。

サンライズ号のように、また船が難破してしまったら……？

震える珪の恐怖さえ頓着せずに、相手が一歩踏み出してきた。

「おまえ、サンライズ号も沈めたんだってな」

「……は？」

何を言われているのか、すぐには理解できなかった。

「ここまで酷《ひど》い嵐は初めてだ」

「女が乗ってるせいじゃねえか？」

四人の屈強な男たちに取り囲まれて口々に文句を言われ、珪は面食らってしまう。

自分の語学力のせいだろうか。

……あ。

唐突に、天啓《てんけい》のように答えが降ってきた。

「おまえ、疫病神だろ！」

昔話によくあるとおり、船に女が乗っているのが悪いと彼らは思っているのではないか。

そういう発想が外国にも共通するかは不明だが、少なくとも日本では女人禁制との考え方もある。

船乗りは概して迷信深く、帆船時代は風が凪《な》いでしまうとデッキブラシで空を引《ひ》っ掻《か》いたり、様々なジンクスに頼ったらしい。

とはいえ珪が女性でない以上は、女が船に乗っているせいだと結論づけるのは誤りだ。

ならば、その誤解をどうやって解けばいいのか。

「おまえ、ここで下りろよ」

「下りる？　港は？」

初めて珪が疑問を差し挟むと、赤毛の男は大きく頷いた。

「海に飛び込めって言ってんだ」

こんなところで海に飛び込めば、鮫《さめ》の餌《えさ》にでもなるのがおちだ。絶対に助からないとわかっていて、それだけはできない。

「嫌です！」

役立たずだと罵《ののし》られるのは、いい。

だが、ここで死ねと言われるのは困る。

さすがにそれだけは認められずに、珪はきっぱり拒絶を示した。

ここで死んでしまえば、父を探すのも叶《かな》わないのだ。そんなのは、嫌だ。

「サンライズ号は、おまえ以外の連中は助かったんだ」

「ノエとおまえの二人だけが海に投げ出されたなんて、おかしいだろ。運が悪いどころじゃない」

英語で早口で捲《まく》し立てられると、言葉の意味はわかるのだが、反論が追いつかない。黙り込んだ珪の痛いところを突いたとでも思ったのか、彼らはますます嵩《かさ》に懸かって怒鳴りつける。

「だいたい船長も船長だ！」

「おい、船長を悪く言うなよ」

「だってよ」

「…………」

暫く黙っていたけれど、限界だった。

弾みとはいえ、ライルまで糾弾《きゅうだん》する彼らの言葉に、怒りがかっと喉元《のどもと》まで押し寄せてきた。

「ライルは悪くありません！」

そう、ライルは悪くない。珪を庇《かば》ってくれただけで、自分の評判が落ちるのも厭《いと》わずに、この船に女として留《とど》まるのを許してくれた。

それはライルと船員のあいだに、確固たる信頼関係があるせいだ。

「じゃあ、全部おまえが悪いんだろ！」

「早く出ていけよ！」

だけど、珪は違う。彼らをそこまで信じきれていない。

どんなに彼らに馴染《なじ》もうとしても、彼らにとって珪が得体の知れない異国人にすぎないのは、自分が彼らに心を開かないからだ。

ライルの存在抜きに珪の真価を問われる場面でこうなるのは、当然の帰結ともいえた。

悔しいが、これが現実だ。

「おまえら、何をしてる⁉」

いきなり割って入ったライルの声に安心したが、彼に庇われてはまた元の木阿弥《もくあみ》だ。

「こいつが女なのがいけない！　船長、こいつを海に投げ込む許可をください！」

「はあ？　落ち着けよ。俺たちはいつ野蛮人になったんだ」

「今です！　珪は呪《のろ》われてるんだ！」

どうするんだとでも言いたげに、ライルが自分に目を向ける。

ライルが助け船を出せば、逆に彼と船員たちとの絆《きずな》に亀裂を入れる可能性もあった。

ライルは、ここまで約束を守ってくれた。

男だと絶対にばらさずに見守ってくれたことに、珪は心の底から感謝をしている。

決断のときが、来たのだ。

「——黙っていて、すみません」

緊張のせいで声が震えた。

「何だ？」

いきなり真剣な調子で切り出した珪に、その場にいた一同が怪訝な顔を向ける。

「僕は女じゃなくて、男なんです」

珪の告白に彼らは一瞬呆気にとられた顔をし、それからどっと笑いだした。

「おいおい、今更下手な嘘で命乞いか⁉」

「愛人だろ？　船長にはそっちの趣味はないぜ」

突然の告白を信じきれないらしく、野次が飛ぶ。

当たり前だ。珪だって、こんな場面に行き合えば、真っ先に相手の言葉を疑うだろう。

「事情があって女装してました」

「証拠はあるのかよ！」

「今、お見せします」

意を決した珪は、まずベストを脱ぎ捨てる。次に、シャツの釦《ボタン》に手をかけた。白い膚《はだ》が少し露《あらわ》になったことで、一同が「お」と唸《うな》った。

珪はその場でシャツを脱ぎ捨てて、ズボンも脱いだほうがいいだろうかとベルトに手を掛ける。すると、そこでライルが「よせよ」と制した。

「なんで黙ってたんだ！」

それを機に詰め寄ってきた甲板員に言われ、珪は項垂れた。

「すみません。事情があって、それで……」

これでは皆を信じていなかったと言うのも、同じだ。ますます嫌われたとしても、当たり前だった。情けなくて、恥ずかしくて、そして惨《みじ》めだった。

「もういいだろ、おまえら。こんなことやってる場合じゃない。持ち場に戻れ」

「でも！」

「誰にだって事情はある。うちの船にだって、陸《おか》で暮らせなくなったやつはいるだろうが。詮索《せんさく》されたくないって言うから、愛人のふりをしろって俺から珪に言ったんだ。そういうことにしておけば、おもえたちも追求しないからな」

凛《りん》とした低音は、有無を言わせない。ライルはいつも飄々《ひょうひょう》としているくせに、こういうときだけびしっと決めてくる。

「顔が可愛いし、ひょろっとしてて、体型だけじゃわからないのが災難だったな。もうちょい筋肉つけないと、機関室じゃ使ってもらえないぜ？」

ライルが揶揄《やゆ》するように声をかけてきたので、珪はむっと唇を尖《とが》らせる。

「これでも気にしてるんですけど」

反発ゆえに口答えした珪を一瞥《いちべつ》し、ライルはにやりと面白そうに笑った。

「男でももう少し胸板はなくちゃいけねえな」

からかう言葉に、珪はつい自分の胸を押さえる。確かに真っ平らだし、胸板なんて薄っぺらい。

「ほら、珪。みんなに言うことはないのか？」

「ごめんなさい、黙っていて」

珪が素直に頭を下げると、彼らは顔を見合わせた。

「まあ、仕方ないだろ。俺たちも十分胡散臭《うさんくさ》いぜ」

「……だな。そいつは仕方ないか」

「人騒がせだよなあ」

「船長が愛人にするなんて、おかしいと思ったよ」

彼らが口々に言い出したので、珪はほっとして息を吐く。経緯はどうあれ、彼らはわかってくれたのだ。

「で、実際、船長とはもう寝たのかい？」

「えっ……」

「よせよ。お互いに隠しごとがあるんだ。喧嘩両成敗《けんかりょうせいばい》って結論にしておけよ」

ライルが含みのある発言をしたものの、ここでどうこう言える立場でもなく、珪は深くは追及しなかった。

「さ、嵐をやり過ごすまではみんなで踏ん張ろうぜ」

「はい！」

外の暴風さえ吹き飛ばすような明るいライルの声に、船員たちは大きく叫んだ。


「まったく、さっきはどうなるかと思ったぜ」

ビールをジョッキに注ぎ、甲板長のリックが大声を上げる。狭い食堂には人々が詰め込まれ、船員の三分の二はここに集まっているだろうか。嵐が去った祝い兼遅い夕食で、ライルにどうせだから皆と食べるよう促《うなが》されて、珪も食堂に押し込まれた。

なのに、当のライルは見回りとやらでいないし、ノエも姿が見えない。

ノエは船酔いがひどいようだったから、どこか風通しのいいところで休んでいるのかもしれない。嵐が止《や》んだときにはそばにいたので、海に落ちてはいないはずだ。

「ホントに冷や冷やしたよな」

「にしても、まさか嬢ちゃんが男だったとはなあ」

ちらりと視線を向けられて、珪は羞《は》じらいに俯《うつむ》く。何か弁明すべきなのかとも思うが、言葉が出てこない。

「まあ、折角だし綺麗どころに酌でもしてもらおうか」

「賛成だな。あの珍しい服、着てこいよ」

「わ、わかりました」

幸い、ルカの部屋は案じていたほどひどい状態になってはいない。

懐かしい着物を身につけ、袴《はかま》を穿《は》く。

薄暗い中で鏡を見て、髪をブラシで丁寧に梳《す》いた。

それから、おそるおそる食堂に戻る。

食堂では、船員たちが乾肉《ほしにく》を囓《かじ》りながらの酒宴に講じている最中だった。

「お待たせしました」

「へーえ、本当に着てきたのか」

入口近くに腰を下ろしていた船員に感心したように言われて、珪は「冗談だったんですか⁉」と目を丸くする。

「そうじゃないけどな。女の格好なんて恥ずかしくないのか?」

「最初は恥ずかしかったけど、慣れました」

珪の返答に、マルコは「見た目の割に、意外に図太いんだなあ」と感心したように言った。

「で、女装してまで、おまえさんは何をしたいんだよ」

いきなり核心に踏み込まれて、珪はぎょっとする。

そこまで口にして、いいのだろうか。

彼らをどの程度信用していいのか、わからない。

「………」

思わず珪が押し黙ると、リックがマルコの肩を乱暴に抱いた。

「まあ、いいじゃねえか」

「何が」

「言えない事情があんのは、お互い様だろ」

「…だな。そういうことにしておくか」

マルコが不承不承同意してくれたので、理由を話さなくて済むのだと安心した。

その一方で、彼らも何かを隠している様子なのは明白で、珪も居心地が悪くてむずむずしてしまう。

この船に乗り込んで五日になるが、彼らの素性は未《いま》だに謎のままだ。

それに、この船がどこの国のものなのかもわからない。今となっては、疑っているみたいで何となく聞きづらい。やっと船員たちとの関係ができかけたのだから、下手なことをしてそれを壊したくなかった。

海賊と考えるのがしっくりくるが、それにしてはリベルタリア号の船員たちは真面目《まじめ》に航海を続けている。

いったい何者なんだろう？

ただの船員なのにライルの狙撃《そげき》の腕前が並外れていた点も、珪には今更のように気になっていた。


ちらりと窓の中を覗き込むと、珪は食堂で給仕に精を出している。

とりあえずは追い出されずに済んだようだ。

あの女学生のスタイルで皆に酌をして回っているのは、少し滑稽で可愛らしい。

それくらいで船員たちが全面的に受け容《い》れるとも思えないが、彼らなりに落し所を見つけたいと思っているのだろう。

これで和解に向けて一歩進んでくれるのなら有り難いし、ライルとしては今以上の手助けをするつもりはなかった。

ここから先は、珪が自分ですべきことだ。

それでもだいぶ心が軽くなってきた。

こんなに感情が上下するとは、たった一人の存在に、自分の心まで支配されているみたいだ。

「………」

支配、だって？

自由を愛するライルが、誰かに一番大事な部分を縛られつつある。

なのに、それが嫌ではないのはどうしてなのだろうか。

ライルが鼻歌を歌いながら甲板を見回っていると、珪と一緒に拾った少年——ノエが甲板の真ん中に座って、空を見上げている。

「ノエ」

「あ、船長！」

ノエが慌てて立ち上がろうとしたので、ライルは「座っていいよ」と右手で制し、彼を見下ろした。いかにも利発そうなノエは、珪にとっては船で知り合っただけの赤の他人だという。だが、少なくともリベルタリア号においては、二人は助け合って上手くやっていた。

「どうした、へこんだ顔して。飯は？」

「お腹《なか》、あまり空《す》いてないんです」

はにかんだように告げるノエはとても可愛いが、何か声に重いものが混じっているようで、気になったライルはそこに腰を下ろした。

船で働く黒人は多いが、ノエはサンライズ号に乗ったときは港で拾われたと言っていた。親に捨てられたか、売られたか——何かしら事情があって船に乗るようになったのだろう。そのあたりに関して、詮索《せんさく》するつもりはなかった。

「ぼく、珪は女の子だってすっかり思ってた」

「ああ、そうだったな」

「気づかなくて、珪を傷つけちゃったかも」

しょぼんと肩を落とすノエに、ライルはふっと胸があたたかくなるような気がした。

珪も優しい少年だと思っていたが、ノエはまた別の方角から他人を思いやる心を持っているのだ。

「珪は自分から黙ってたんだ。おまえが気に病むべき話じゃない。おまえに気づかれてたら、珪だってよけいな気苦労が増えてたよ」

「そうかなあ……」

「そうだ。この先もおまえが珪を助けてやれ」

「ぼくが?」

「あいつ、何だか危なっかしいだろ。だけど俺は、リベルタリアの船長だ。これからは、あいつ一人を特別扱いするのは難しいからな」

「…………」

ノエは目を大きく見開き、「うん！」と大きく頷いた。

甲板を後にしたライルは操舵室と機関室に立ち寄って面々を労い、ランプを手に貯蔵庫に向かう。

予想どおり、貯蔵庫に人気《ひとけ》はない。

ランプを手近な場所に置いて、木箱と木箱のあいだに顔を突っ込んでごそごそと探し物に耽《ふけ》る。

「よし」

目当ての赤ワインはすぐに見つかった。

本当は特別な行事がなくては開けてはいけないとルカにきつく言われていたのだが、あと三本ある。一本くらい空けても気づかれないだろう。

「これから一人で酒盛りをしよう……なんて思っていませんよね？」

背後から、静かに声をかけてきた者がいた。誰なのかは、確めるまでもない。

「思ってる」

ワインの瓶を持ったライルは、振り返りもせずに呻《うめ》いた。

「どうしておまえはそう、勘がいいんだ」

「あなたの機嫌がよかったので。そのワインは特別なときのためのものですよ」

「珪が皆と打ち解けた記念だろ」

「記念だったら、珪を無事に送り届けたときにすればいいでしょう」

ルカの言葉に、ライルはぐっと返答に詰まった。

「それに、積み荷も無事だった」

「先にそう言ってくれればまだ可愛げがあります。そちらのほうが重大な関心事でなくては困ります」

言われてみればそうなのだが、新しい仲間が皆に打ち解けないのは困る。いずれにしても、めでたいことではないか。

ルカが実力行使しないのはわかっていたので、ワインを持ったまま自分のキャビンへ向かう。無言のまま彼がついてきたので、「ゴブレットを二つ持ってこい」と促した。

ルカが厨房からゴブレットを二つ持ってきて、ライルの部屋に現れた。

ワインを開栓して二つのゴブレットに注ぎ、強引に乾杯をする。ほどよく枯れた葡萄酒《ぶどうしゅ》は美味《おい》しかった。

「それにしても、信じられません。珪が男だったとは……」

「まさかおまえ、全然気づいてなかったのか?」

ライルの呆《あき》れ声に、ルカは微《かす》かに目許を染めて「……怪しいとは思っていました」と、小声で弁解した。

「女性を船に乗せない方針のあなたが、愛人なんてらしくない単語を口走りましたし」

「おまえも目が眩《くら》む場合があるんだな」

茶化すように言ってやると、ルカは小さな咳払《せきばら》いを一つする。

「眩んでなんていません」

むきになるところがますます怪しいのだが、とりあえずは見なかったふりをしてやる。

「まあ、一口飲めよ」

ライルがワインを注いだゴブレットを差し出すと、ルカは一息に中身を干した。

「いずれにせよ、女装までしていたのは疑わしいですね」

「黒真珠か？」

「ええ。日本人の少年で身許を隠している……おまけにこの短期間に嵐を二度も呼ぶなんて、厄介の種を拾ってしまったかもしれません」

それは考えすぎだ、とライルは鼻で笑い飛ばす。

「ノエだって二回も嵐に遭ってるんだ。偶然だろ。だいたい、呪術ならノエのほうが詳しそうだ」

「あり得ますね」

船乗りは迷信深いものだが、魔術師も相当なものだ。

そのせいか、ルカの反応もいやに真剣だ。

「すまん、今のは冗談だ」

「わかっています。それで、珪を英国に渡すつもりですか？」

いきなり核心に触れられ、ライルは渋い顔になった。

「まだ決めていない」

「サリエル…様が関わっているのでしょう？　人体実験に使うための供物か何かなのでは。英国には連れていかないほうがいいのではないかと思いますが」

なんだかんだと、ルカは彼なりに珪を案じているようだ。

「あいつだったらどう動くと思う？」

「かなり執心なさっているようですし、自ら追いかけてくるかもしれません」

一番聞きたくない返答を聞かされ、ライルはため息をついた。おまけにルカは次の言葉でライルを突き落とす。

「英軍に協力させていること自体、あちらが本気な証拠です。あの方が自ら乗り込んできたとしても、おかしくはない」

「……わかった」

「そうでなくとも、あなたは運が強い。海中に落ちた一つの真珠を拾い上げてもおかしくない……あの方ならそう思うかもしれません」

「そして俺のそばにはおまえがいるから、おまえから辿《たど》るってわけか」

「はい」

魔術とは、人それぞれに使用した痕跡《こんせき》を残すものだ。

ルカは義手に魂《たましい》を宿して神経と直《じか》に接続するために魔術を利用しており、常に一定の魔術の気配――ルカに言わせるとある種の匂《にお》いのようなものを発している。無論、魔術の素養が一欠片《ひとかけら》もないライルには匂いなどまるで感じられない。だが魔術を常時使用するのは腕利きの魔術士に向けて常時信号を発しているようなものだという。

相手が優秀なクロードであれば、まず間違いなく逃げられない。

「珪が何を隠しているのか、聞くべきです」

「あいつが言いたがるかは疑問だ。今日だって、ぎりぎりまで男だって黙ってたんだ」

珪は可憐《かれん》な外見から想像するよりもずっとしっかりしていると思うが、秘密保持のために訓練されているようには見えない。何かしらの理由で偶発的に狙《ねら》われ、必死になって自分の身を守っているだけだ。

だから、黙って見守ってやりたくなる。もっと親しくなるには、警戒心を解きほぐすところから始めたほうがいいに決まっている。

「聞き出さないと面倒なことになるのは目に見えています」

「おまえが日本の話題ついでに聞けばいいじゃないか」

「無理ですよ。そういう心理的な作戦は私には不得手です」

「そうだな」

「……納得されるのも複雑ですね」

四角四面なルカだけに、直球で聞くのは目に見えている。かといって、他の乗組員にはデリケートな依頼をするのは激しく不向きだ。

「俺が何とかするよ。珪のことだしな」

「寄港の際に聞き出してください。そこでなら、何かあったときに珪を置いていけます」

本気なのか冗談なのか答えかねることを言い放たれ、ライルは呆れて首を振った。

「やめろよ、あいつは俺にとって大事なやつなんだ」

「大事？」

「そうだ。珪を拾ったのは、何かの運命だ。そんな相手を簡単に手放せないよ」

「相変わらずのロマンティストぶりですね」

ルカが眉根を寄せる。

「ですが、お互いに隠しごとをしている関係なんて、上手くいきません。あなたが正直になれないのであれば、珪のことはどこかで放り出すべきです」

「おまえは残酷だな」

「あなたと違ってリアリストなだけです」

ルカがつんとそっぽを向いたので、ライルは苦い笑いを口許に張りつける。

「そうだな。確かに、今の俺はあいつには正直になれない」

「でしょう?」

けれども、珪を放っておけるわけがないし、どこかに置いていけるわけもない。そばにいなくても、何となく気になる。いたらいたで、どうしようもなく気に掛かる。そんな相手なのだ。放り出したらきっと、もう一度捕まえようと躍起になってしまうはずだ。

この感情を何と言えばいいのか。

もうだいぶ前に忘れかけていた鮮やかなこの思いに名前をつけるのを、ライルはひどく躊躇《ため》《ら》っていた。

6

リベルタリア号の朝は早い。

とにかく誰かが一晩中起きていて働いているので、珪《けい》が早くに叩き起こされるだけで、むしろ不夜城といえるのかもしれない。

寝惚《ねぼ》け眼《まなこ》で目を覚ました珪は、何やら人の声で目を覚ました。

わあっという叫び声だ。

ベッドから飛び起きた珪は貴重な水で顔を洗い、甲板に向かう。二十四時間ひっきりなしに黒煙を排出する煙突のそばでは、人だかりができている。

「へ……？」

腕捲《うでまく》りをしたライルが拳をぐっと握り締め、上半身裸のマルコと向き合っている。マルコも自分の拳を握り、応戦の構えだ。

漲《みなぎ》る緊張感の最中で、ライルがパンチを繰り出した。

疾《はや》い。

しゅっと風を切る音がしたと思うと、ライルはもう腕を引っ込めている。

目にも留まらぬ速度で、珪は大きく目を見開いた。

「いてて……顔は反則でしょうが！　娼婦に見せられなくなる！」

マルコがぼやくのを聞いて、ライルは「男前にしてやってんだ」と嘯《うそぶ》いた。二人とも拳を庇うために布を巻きつけており、戦う気は満々という風体《ふうてい》だ。

「勘弁してくださいよ」

喧嘩ではなく、これは何かの試合だろうか。

甲板には、同じように手に布を巻いた連中が散見される。

「何をしているんですか？」

成り行きがわからずに、珪は一人で集団とは離れたところに佇《たたず》むルカにこっそりと問うた。

「あれは順番を決めるための拳闘の試合中です」

甲板には、火急の仕事がない人間の大半が集まっているのではないか。

見物人は大声を上げ、腕を振って応援している。

「順番？」

「ええ」

ルカは神妙な顔で頷く。

「順番って、何の？」

「ヴィオレッタという女性に声をかける順番です」

「……はあ」

だから、さっきの娼婦という発言に繋がるのか。

「寄港前はいつもこの騒ぎです。何しろ、この航路ではヴィオレッタは一番の美女ですので」

「ルカさんはいいんですか？」

珪の問いに対し、ルカは「興味がありません」とつれなく答える。

ルカの言葉に気になる点があったが、はらはらしてしまって考えがまとまらない。

ライルとマルコでは体格差は歴然としており、明らかにマルコは重量級だ。マルコのパンチは見るからに重そうだ。体格の違いなど無関係に殴《なぐ》り合っており、鈍い音がするたびに、珪は怯《おび》えて身を竦《すく》ませた。

「大丈夫ですよ。怪我《けが》するほどはやり合いませんので、見てごらんなさい」

ルカに促されておそるおそる視線を向けると、ライルはマルコと互角だった。

いや、それどころかライルのほうが腕は上ではないか。

このあいだ鳥を撃ち落としたときも驚いたけれど、ライルは武術に関しては嗜《たしな》みがあるようだ。今も身軽にマルコをかわすか、あるいは寸前で腕に当ててボディは殴らせない。

「さて、そろそろ本気で行くぜ」

「どうして！」

「珪も見てるしな」

ライルが身を屈《かが》め、マルコのがら空きの懐に入り込む。その腹を狙って、ライルがパンチを繰り出した。

腹に拳をたたき込まれ、マルコが「ぐ」と呻きつつその場に膝を突く。

それきり彼は立ち上がれず、レフェリー役の赤毛のジョシュが「船長の勝利！」と高らかに宣言した。

「よし、じゃあ、これで俺がヴィオレッタに一番に声をかける……でいいな？」

ライルの宣告に、マルコが苦虫を噛《か》み潰《つぶ》したような顔つきで口を開いた。

「あんたが優勝なんだ。それでいいですよ」

差し伸べられた手を取ったマルコは立ち上がり、額を流れる汗を拭う。

「なら、二番手以下はおまえたちで好きに決めておけ」

「はーい」

ぶつぶつと言いながらも、マルコたちは素直に二番手以下を決める勝負をすると決めたようだ。次の試合が始まったが、珪の関心はこちらにやってくるライルに注がれていた。

「おはよう、珪」

「おはようございます」

ライルは鼻歌さえ歌い出しそうな様子で、目に見えて上機嫌だ。

「今日は機嫌がよさそうですね」

「そりゃ、勝てれば嬉しいさ。夕方には寄港するぞ」

「寄港⁉」

珪は驚いて頓狂《とんきょう》な声を上げる。

そうだ、さっきルカとの会話で引っかかった言葉はこれだ。

「ああ。マドラスってわかるか？　印度《インド》の町だが、なかなかいいところだ」

「補給するんですか？」

「当たり前だろ。石炭だって食料だって水だって、このクラスの船は寄港して補給しないと保《も》たないぜ」

無論、そういう問題では、ない。

寄港なんてすれば、海賊が一網打尽にされるのは目に見えている。なのに当のライルにまったく危機感がないのが、珪には謎だった。

「だめですよ！」

「どうして」

訝《いぶか》しげな顔つきで凝視されて、珪は自分のほうが間違っているのだろうかと頭を抱えたくなった。

この人たちの正体がわからないのが、不安なのだ。

仮に海賊であれば、仲間と見なされたときに珪の命だって危ない。そもそも偽造旅券だって嵐でなくしてしまったので、自分の身分を証明するものは何もなかった。逆に海賊でなかったとしても、万が一、珪がお尋ね者として手配されていたなら、ライルたちに迷惑をかけるような事態に遭遇するかもしれない。

一宿一飯の恩義すら返せていないのに、そんなのは絶対にだめだ。

だけど……。

「珪、言ってみろよ」

「だって、そんなことしたら捕まってしまいます！」

「おまえが？」

とぼけた調子でライルがわずかに首を傾げたので、「違います」と反射的に強い声で否定してしまう。

「ライルたちが」

「俺たちが捕まる？　どうしてだ？　悪いことなんて、今回はまだ一つもしてないぜ？」

本気で何もわかっていない様子で、ライルが問う。

仕方なく珪は、上目遣いにライルを見上げる。真摯《しんし》な光を湛《たた》えた蒼《あお》い目が、どこか眩《まぶ》しく思えた。

「だって……」

「いいから、遠慮しないで言ってみろ」

「……海賊なんでしょう？」

意を決してその単語を口にすると、ライルは険しい顔つきになった。

「海賊？」

彼の瞳が、まるで氷のような冷ややかさを宿す。

鮮やかな、見惚《みほ》れてしまうようなアイスブルー。

「——はい」

「海賊って、俺たちが？」

常にないライルの厳しい表情に、珪は凝然と躰を強張《こわば》らせた。

まずいことを言ってしまったか。

己《おのれ》の保身のためにもこの船の正体に感づいているのは、隠しておくべきだったかもしれない。

「まさかおまえ、俺たちを海賊だと疑っているのか？」

「疑う？　ってことは、違うんですか？」

途端にライルは声を上げて、耐えかねた様子で笑いだした。笑いがやまないという様子で、ライルは涙が出るまで笑い続けたあと、最後に目尻《めじり》に浮かんだ涙を拭《ぬぐ》う。

「わ、悪い……あまりにおかしくて」

「いえ」

さすがにここまで笑われると、いくら珪でも憮然《ぶぜん》としてしまう。

「あのな、今時、蒸気船を持てる海賊なんてほとんどいないぜ。そうじゃなくとも、あちこちに軍艦がいるんだ。何かあったら即捕まっちまう」

「だって、あの武器は……」

珪がちらりとマストや煙突の陰に取りつけられたガトリングに視線を向けると、ライルはそれに気づいたらしく「ああ」と頷いた。

「鋭いな。ガトリングに気づいてるのか」

ふっとライルは笑う。

「当たり前です！」

甲板に堂々と設置してあるのに、気づかないほうが異常だった。

「この頃の海は物騒だ。誰もが自由に行き来できるわけじゃない。新旧二つの勢力が、一触即発なのはわかってんだろ？」

「……はい」

「備えあれば憂いなし、そういうことだ」

陽気に笑い飛ばすライルからは、確かに海賊の持つ残忍さや血なまぐささは感じられない。

ともあれ、相手はそれ以上武器の話に触れられたくないようで、珪は仕方なく押し黙る。

すると、今度はライルが水を向けてきた。

「なあ、おまえは何で逃げてるんじゃなくて、単なる旅行者です。家族に会いにいくって言いませんでしたか？」

どこまでを打ち明ければいいのか、線引きに戸惑ってしまう。

ライルが海賊ではないと否定したところで、彼らがガトリングを取りつけているのは事実だ。こんな甲板に置いておけば錆《さ》びて使い物にならなくなってしまうのに、このあいだまで乗っていたサンライズ号にだって、そんな物騒な武器はなかった。

ライルだって、きっと何かを隠している。ライルだけじゃない。この船の乗組員たちは、皆、何かを珪に黙っているのだ。

だから、彼らに本当のことを言って頼ってもいいのかが、わからない。

「逃げてるんだろ。おまえを追いかけてるのは英軍じゃないか」

そこで一拍置いてしまったせいで、ライルにはすべて筒抜けになってしまったようだ。

彼は「語るに落ちてるぜ」と笑った。

「どうして、わかったんですか？」

「サンライズ号と一緒に事故に遭ったのが英国のフリゲートだ。まともな神経だったら、あの天気で船同士があそこまで接近しない」

「知りませんでした」

あの軍艦も、嵐に巻き込まれていたなんて。

「言えば心配させただろ？　――それでも行くつもりか？」

ライルはもう、笑ってはいなかった。

「たとえ危険でも、行ってやるべきことがあるんです」

表情を引き締め、珪はきっぱりと言い切る。

「だったら、もうちょっと俺に頼ってみろよ。少しくらい気を許しても、罰《ばち》は当たらないと思うぜ？」

「巻き込みたくないんです」

「もう、巻き込まれてるよ」

その台詞《せりふ》にはっとした珪が思わず顔を上げると、ライルはこちらがびっくりするほど真剣な面持《おもも》ちで珪の前に佇んでいた。

「俺はおまえを可愛いと思ってるんだ、珪。おまえに巻き込まれるのは悪くない」

「…………」

ばくんと心臓が震えた。

胸がどきどきする。その澄んだ目で見つめられると、心の奥底まで見透かされてるようで怖くなる。

「――答えはまた今度、聞かせてもらう」

珪が言い淀《よど》んでいるのに気づいたのか、ライルがそう言って話を打ち切った。

「すみません」

「いいさ」

ライルは気安く同意を示し、珪の髪をくしゃっと撫《な》でた。

「ッ」

またびくんと反応してしまったので、ライルが訝しげな顔つきになる。

「珪、おまえ……」

「すみません、どうしても……くすぐったくて」

「触られるのが嫌なのか？」

「そうじゃないです」

むしろ触られるのが心地よいので、こうされるのは嫌じゃない。

以前より思っていたのだが、これってライルの癖なんだろうか。

大きな掌《てのひら》が、ひどくあたたかい。

心地よくて、触れられたところから熱を帯びてくる。

彼の手が離れたあとに珪はそっと自分の頭を触ってみたけれど、特に何か変化があるわけではない。なのに、まだまだ熱く感じる。

「……じゃ、またあとでな」

「はい」

何があとでなのかはわからないものの、珪は曖昧《あいまい》に頷いた。

「あれ、船長」

向こうでライルと甲板員が話をする声が、風に乗ってやけに鮮明に聞こえてくる。

「折角ヴィオレッタに会うのに、そんな格好でいいんですか？」

「ああ、もうちょっと身綺麗にするか」

「そうですよ」

珪はふっと息を吐いた。

いくら可愛いなんて言われたところで、男は結局美女が好きなのだ。

それでも珪を助けようとして頼ればいいと言ってくれるあたり、ライルはとびきり度量が広いのだろう。

こうして皆に信頼されるのも、わかるような気がした。


航海は順調で、リベルタリア号はその日の夕刻には港に着いた。

数人の見張りを残して、リベルタリアの乗組員は交代で下船する手筈《てはず》になった。

久しぶりの陸地が嬉《うれ》しいらしく、船員たちは皆うきうきしている。

珪はノエと一緒だ。ライルも下船し、ルカは万一に備えて船に残るそうだ。

何か事情があるのかと気兼ねする珪に、ルカは交代で下船するので大丈夫だと笑った。

——電信が来るかもしれないので、待っているんです。気になる連絡事項がありまして。

ルカはそう言っていたけれど、商船が電信を頻繁に受け取る理由があるのだろうか。彼は乗組員たちの中でも異質で、一番、船乗りらしくない。

「やっぱり陸はいいよね！」

大地はもわっとした湿気に満ちており、夕刻のはずなのにまだ陽は沈んでいない。

「ノエ、マドラスは来たことある？」

「ううん。こっちだとカルカッタはあるけど、マドラスは初めてだよ」

晴れていてよかったとライルが言っていたとおり、今はこちらは雨季なのだ。

港は雑多で活気に溢《あふ》れており、とにかく人が多い。印度でも随一の港と言うとおりに、歩くたびに人にぶつかりそうだ。香辛料の匂いを強く感じ、きょろきょろしているとなすすべもなく人混みに流されかける。

「今日はゆっくりしていいって」

「荷揚げは明日だっけ」

「うん」

航海中に燃料を消費すると、その分、船が軽くなってしまう。バランスを取るために船はバラストといって海水をくみ上げて積んでいるが、石炭を積むときにそれを排出しなくてはならない。そういう一連の作業は、翌日の早朝からすると言われていた。

港を歩いていると圧倒的に目につくのは印度人だが、陽によく焼けた西洋人も多かった。港町の建物も西洋風のものが多いのは、かつて東印度会社の拠点があり、開発が行われたせいだろう。

ノエは嬉しそうに大地を踏みしめてぴょんぴょんと跳んでいたが、直《じき》に飽きてしまったらしく、普通の歩き方に戻す。おまけに、目につく店がいずれも期待外れだったようで、どんどん沈んだ顔つきになっていくのが気の毒だった。

「あーあ……港って、いっつもこうだよ」

「こうって?」

「ぼくみたいな子供には退屈なんだ。大人はいいけどさ!」

ノエはつまらなそうに唇を尖らせる。いつも働き者で年齢よりずっと大人《おとな》びて見えるだけに、ノエのそういう態度は新鮮だった。

確かに通りに立ち並ぶのは各種の貿易会社のほかに宿屋に酒場、食堂、そして娼館。いずれも大人の旅人や船員向けで、ノエや珪が楽しめるようなところではない。

今頃、ライルはヴィオレッタとやらと楽しい逢瀬の時間なのだろうか。

そう思うと、なんだか胸の奥がむずむずして落ち着かない気分だ。

「船長ってさ」

「へっ⁉」

ちょうどライルについて考えていたので、いきなりノエに彼の話題を振られて、狼狽から甲高い声を出した。

「すごく強いよね」

俯くノエの髪は、夕陽に照らされてきらきらと輝いている。

「身長高いのにすばしっこいし、マルコのパンチを完全に読んでたよ」

「そうだね」

先ほどの拳闘の話をしているのだと思い当たり、珪は上の空で頷く。

「ぼくも船長みたいになりたいな！　珪は？」

「え、えっと……それは、格好いいと思うけど、僕はああいうふうにはなれないよ。憧《あこが》れっていうか……その……」

自然と頬《ほお》が熱くなるのは、どうしてなんだろう。自分でもわからないくらいに、しどろもどろになっている。

「そうだね、珪がああなったら、ぼくは残念だな」

「どういう意味？」

「珪にはぼくのお嫁さんになってほしかったんだもの。あんまり逞《たくま》しいのは困るよ」

「ご、ごめんね、ノエ」

「大丈夫。無理だってわかってるよ」

ノエはおかしそうに声を立てて笑った。

「船長が珪をすごく庇うせいで、わけありなんだろうってみんな言ってたんだ。でも、男だとは思わなかったよ」

それはそうだろう、と珪は心中で同意する。

「庇ってくれたのは、責任感が強いからだよ」

「それだけじゃなくって、珪を気に入ってるんじゃないかな」

「そうかなあ」

気に入られているとの実感は、なかった。見たところライルは誰に対しても平等で、えこひいきはしない。

「うん！　すごく好きなんだと思うよ」

「……好き⁉」

予想外の言葉に、珪は素《す》っ頓狂《とんきょう》な声を上げてしまう。

「船長って、嘘をつくのは嫌いそうだもの。珪は特別なんだよ」

「それは、ライルが一度拾った人間を捨てられないんだよ。ノエだって、大事にしてるじゃないか」

「船に女を乗せないのは決まりなのに？　そうじゃなかったら、賞金首って言ってたなぁ。でも、珪は違うだろうし」

どきりとした。

珪が反応しないのに気づいたらしく、ノエがあわあわと首を振る。

「あ、冗談だよ。賞金首って悪いことした人でしょ？」

「………………」

「珪？」

にわかに押し黙ってしまった珪を、ノエは不安そうなまなざしで凝視する。

「ノ、ノエこそ、あのガトリングの理由、聞いた？」

「ううん」

まったく気にしていない様子で、ノエはさらっと首を振る。

「忙しくて、忘れてた。もしかしたら飾りじゃないかなぁ」

「……そう」

珪が沈んだ表情になりそれきり口を噤《つぐ》んでしまったので、ノエは「ごめんね」と謝った。

「変なこと言っちゃったみたい」

「そうじゃないよ」

ならいいけど、と口籠《くちご》もったきりノエは口を閉ざす。そして顔を上げて一歩後退った。

「ぼく、先に戻ってる」

「ご飯は？」

「いい、船で何か食べるよ。珪は？」

問われた珪は、微かに首を振った。

「欲しいものがあるんだ。探したあとで戻るよ」

「わかった」

無一文のままではまずかろうと、船を下りるときにライルが銅貨を数枚貸してくれた。少しくらいぼったくられたとしても、よその土地に比べれば遥《はる》かに物価は安いらしい。この銅貨で、米を買えるかどうか試してみるつもりだった。

印度であれば、米作をしているのは珪も知っている。

とはいえ、娼館のあるような目抜き通りに食料品店は見当たらず、珪はそのあたりをぶらぶらしようと決めた。

さすがに、暑い。

ライルはこのあたりの娼館にしけ込んで……だめだ、考えたら落ち込んでしまう。どうしてかわからないが、胸がむずむずしてくる。

白いシャツをぱたぱたさせながら歩いていた珪は、鈴山《すずやま》の小言を不意に思い出した。懐かしさと淋《さび》しさが混じり合い、目に涙が滲む。

いつの間にか、随分人気のないところまで来てしまっていた。

ここから先は店はないのだろうか。

もっと先に行くべきか迷っていると、前方——つまり桟橋とは逆の方角から複数の足音が近づいてくるのに気づいた。

「おい！」

唐突に声をかけられ、珪は我に返った。慌てて振り向くと、軍帽を被《かぶ》り、軍服を着込んだ二人組が近づいてくるところだった。

「？」

逃げ出しても不審に思われるとわかっていたので、珪は極力平常心を装って前を見る。

「ここから先は軍の管轄だ」

赤毛の男が、面倒臭そうに告げた。

気づくと面倒な地域に足を踏み入れてしまったらしい。

太陽はすっかり沈んでいたが、あたりはまだ残照のおかげで明るく、人の姿形を判別するのは難しくない程度だった。

「おまえ、東洋人だな」

男たちは真っ赤に日焼けしていたものの、見たところは白人だ。

マドラスで駐留している軍といえば、どう考えても英兵だ。考えごとをしていたとはいえ、自ら近づいてしまうとは迂闊《うかつ》だった。

「どの船に乗ってる？」

英語ならば不自由ないのだが、しゃべれないふりをしたほうがいいのではないか。

そう直感した珪は、咄嗟に首を横に振る。

「船だよ。シップ」

「コンドル、コンドル」

それくらいなら、理解できてもおかしくないはずだ。珪が港で見かけた船名を片言を装って繰り返すと、兵士たちは「そうか」と納得顔になった。

「旅券を出せ。パスポート、わかるか？」

珪はわざとらしく、目をぱちくりさせる。

マドラスをはじめとした港ではとにかく船の出入りが多いので、いちいち船員の旅券を確認しない。ことを起こさなければ平気だとライルにも言われていたが、ここで早速捕まってしまうとは運が悪すぎた。

「何だ、話せないのか？」

「英語がだめみたいだな。船の名前しか言えないって……子供かよ」

「見るからに餓鬼《がき》だろ、こいつ。ま、船を覚えてなかったら本格的に迷子だからな」

「おまえ、賞金首の手配書覚えてるか？」

子供とは失敬な……そう思ったが、反論してはおしまいだ。

珪はにこにことしつつ、彼らの反応を窺《うかが》う。

「十六、七って話だったな。黒髪で黒い目の東洋人」

「どう見たって子供だぜ。その年ならもっと大きいだろ。違うんじゃないか？」

兵士二人は珪を頭の天辺《てっぺん》から爪先《つまさき》までじろじろと眺め回した。

「船員には見えないし、コンドル号だったらただの船客だな」

「もしかしたらリベルタリアじゃないか？」

突然出てきた船名に、心臓が口から飛び出すのではないかと思った。

「リベルタリアだったら英語をしゃべれないやつは乗せないだろ」

「けど、リベルタリアなら賞金首を乗せてるのもあり得るぞ」

「あそこの船長はやり手だって噂《うわさ》だがなぁ。賞金首を捕まえたら、たぶん得意になって本国へ連れてくぜ。船倉に放り込んでおいて外に出さないんじゃないか？」

珪には英語が話せないと思い込み、彼らは明け透けな会話を繰り広げる。

尤《もっと》も、暫くはライルやリベルタリア号の噂話らしく、スラングや専門用語が混じって珪にはよく理解できなかった。ただし、この二人はライルの顔は知らないらしい。

「仕方ないな。折角だし詰め所につれていってみようぜ」

「でも、人違いならことだぜ？　最近は上もうるさいし」

冗談じゃない。

このまま詰め所になんて連れていかれたら、一巻の終わりだ。

不吉な予感に駆られ、珪はそろそろと後退る。幸い兵士たちは二人で相談をしており、まだ気づかない……いや、気づかれた！

「待て！」

誰が待つか。

とはいえ真《ま》っ直《す》ぐにリベルタリア号に逃げ込めば、不審に思われて船を調べられてしまうかもしれない。

ならば、ここから手近な岸壁に走り、海に飛び込むべきか。

いずれにしても、考える時間はない。

しかも、相手は想像以上にしつこかった。

人混みを縫って走っているうちに、「珪」と名前を呼ばれる。

覚えのある声にそちらを見やると、ちょうど人混みが途切れかけたあたりで、上着を着込んだライルが紙袋を抱えて立っている。

「どうした」

真剣な面持ちのライルに問われ、珪は状況を説明しようとしたが、声が出ない。

この人は珪にかけられた賞金が目当てなのかもしれない。信用してはまずいのかもしれないと、珪の中でも疑念が生じかけているせいだ。

それなのに、ライルを見ただけで安心してしまえるのはどうしてなんだろう。

「あ、あの、」

「待て！」

間近で英兵たちの声が聞こえてきたので、ライルは即座に察したようだ。

「おい、詰め所に応援を呼べ！」

身を竦ませると対照的に、ライルの仕種《しぐさ》は俊敏だった。

地面に荷物を置いた彼は自分のフロックコートを脱ぎ、珪の肩にふわりと着せかける。そうでなくとも丈が長いコートなので、珪が身につけるとちょうどスカートのようなシルエットになる。暗がりではこれも有効かもしれないが、吉と出るか凶と出るか。

「黙ってろ」

「え、」

そのまま壁に押しつけられて、間髪容《かんはつい》れずに唇を重ねられる。

くすぐったいと、躰を竦める余裕もない。

呆然としてしまい、珪はまじまじと目を見開く。

また、キス……こんなのは反則だ。

ライルの睫毛《まつげ》が長いとか、そういう問題じゃなくて……どうしてここでキスされているのか。

「目を閉じろよ。ばれるだろ」

もう一度激しく唇を塞《ふさ》がれて、珪はもごもごと呻いた。

「んー……ッ」

今まで何度かされたキスとは、違う。

ライルの舌が入ってきて、口腔の中まで侵してくるようだ。こんなふうにくちづけられる理由がわからず、珪の頭は生み出されたばかりの謎と不可思議な感覚でいっぱいになってしまう。大人のキスって、こういうものなのか。

躰から骨を抜き取られたみたいに力が入らなくて、海月《くらげ》のようによろよろしている。恐怖も驚愕《きょうがく》も吹き飛び、鼓動が耳鳴りのように響き、全身を支配してる。

船長は珪を、すごく好きなんだと思うよ——さっきのノエの言葉を思い出して、躰がもっと熱くなってくる。

震えそうだ。

これは、挨拶じゃなくて。

好きという意味のキスなんだろうか。

わからない。恋すらしたことのない珪にはわからないけど、気持ちよくて……頭がくらくらする。

「おい、おまえら！」

漸く追いついてきた兵士が、ライルに呼びかける。

キスの余韻で頭がぼうっとしていて、膝が笑ってしまいそうだ。

もし賞金首だったなら、ライルは自分をどうするんだろう……。

今更のように不安が押し寄せてきたが、もう、後の祭だった。

「何ですか」

兵士相手なのに、ライルはまったく狼狽《うろた》えていない。彼がどれだけ場数を踏んできたのか想像できるような、そんなふてぶてしさだった。

「黒髪の子供を見なかったか？　東洋人なんだが、尋問をしようと思ったら逃げられた」

「いいえ、見ちゃいませんよ。通りに背を向けてましたしね」

「そこの女は？」

「見てるわけないでしょう。俺とキスをして正気でいられる女がいるなら、会ってみたいですよ」

自信満々なライルの言葉に、二人の兵士は鼻白《はなじろ》んだように舌打ちをする。

「本当なのか？」

「ええ。これも料金内なんで、邪魔しないでもらえませんかね。金を払ってもらえんなら、好きなだけこいつと話してもいいですが」

「もういい！　娼婦といちゃつくんなら、宿の中でしろよ」

罵声《ばせい》を飛ばした彼らは舌打ちをすると「行こうぜ」と顔を見合わせて、そのまま踵《きびす》を返す。

靴音が遠のいていくと同時に、膝からかくんと力が抜けた。

へたへたと座り込んだ珪の前に身を屈め、ライルがぽんと頭を撫でてくれる。

「平気か？」

キスの余韻が強すぎて、全神経が麻痺《まひ》しているみたいだ。なのに、触れられると躰が震えかける。

「……は、はい」

壊れた機械のようにこくこくと頷く珪を見つめ、ライルは「免疫がないのか？」と尋ねる。

「免疫？」

どういう意味なのだろう。

「今も震えてた。何されても反応するって、ある意味すごいぞ」

「だって、ライルがよく僕のことを撫でるから……」

「え？　ああ」

ライルはそれで初めて合点《がてん》がいったとでも言いたげに首肯した。

「つい、触っちまうんだ。悪いな。おまえ、昔飼ってた犬に似てて」

「……犬？」

子供扱いされた直後に、今度はよりにもよって犬扱いとは。

ライルが英兵の会話を知っているわけではないだろうが、珪はつい憮然としてしまう。

「ああ、船には乗せられなくてな。泣く泣く家に置いてきたら、俺が航海に出てるあいだに死んじまった」

「だから、撫でるんですか？」

「手が勝手に、かもしれない。嫌ならやめるよ」

「……ううん」

問題は、そこじゃない。

「それにしても、上着を着ててよかったよ。今日の取引相手は礼儀作法にうるさいからな」

この暑さでも彼が上着を着ていた理由が、これで判明した。

だが、それだけではない。

「――どうして、庇ってくれたんですか」

気持ちが昂《たかぶ》るのを押さえるべく声を殺したせいか、まるで怒っているみたいな、ぶっきらぼうな口調になってしまう。

ライルはもの珍しい動物でも見るように微かに目を細めて、そしてにこりと笑った。

「引き替えにキスをもらった。これでフィフティ・フィフティだろ」

「そういう問題じゃなくて！」

今だって、珪を庇ったと兵士に気づかれれば、ライルも揃って痛い目に遭っていたかもしれないのだ。

ライルなら賞金首を匿《かくま》いかねないと彼らは話をしていた。

言葉を切った珪は、まじまじとライルを凝視する。

ならば、珪の事情を何もかも知っているのだろうか。

こうして面倒を見てくれるのも、キスをするのも、ちょっかいを出すのも、あらゆることがあとでがっぽり懐に入ってくるであろう金のためなのか？

……それでいい気がしてきた。

金目当てでもいいじゃないか。ライルと旅をするのは楽しかったし、どきどきする。リベルタリア号に乗っていると退屈とは無縁で、今までに体験したことのない、そんな世界が広がっているように思えた。

だから、怖い。

ライルのことをもっと知りたいのに、彼の真意を知るのが怖い。

自分を助けてくれるのが百パーセントの善意でなくてもいいと思っているくせに、心のどこかで、不純なものが混じるのを恐れている。

自分は、我《わ》が儘《まま》だ。

本当のことなんて、ほんの少ししか打ち明けていないくせに。

それなのに、他人の善意を期待している。結局は、珪自身がライルのことを信用しきれていないくせに。

「言いたいことがあれば、今のうちに言っておけよ」

「僕のせいであなたに何かあったら、皆に迷惑がかかります」

「俺に何かあったときは、ルカがきちんとやってくれる」

「そうまでしてくれる理由がわかりません」

珪が早口で言うと、ライルは真顔で「おまえが可愛いからだ」と告げた。

「……は?」

「顔だけじゃなくて、そうだな、一生懸命なところとかな。おまえの存在そのものが、気になってたまらない」

それって褒め言葉なのだろうか。それとも、別の意図があったりするのか。

ぽかんとする珪を見下ろし、ライルは真顔で口を開いた。

「だから、俺が守ってやる」

「ライル……」

身を屈めたライルが、耳許で囁《ささや》く。

「おまえの望むところまで連れていってやるよ」

ライルの吐息が耳朶《じだ》にかかって、くすぐったい。その声があまりにも自信ありげで、つい、引《ひ》きずられてしまって。思わず顔を上げると、ライルの蒼い目はまるで焔《ほのお》のように光り輝いていた。

ノエのせいだ。あんなことを言ったせいで、妙にライルを意識してしまっている。それに、さっきもあんなキスをされたのだ。どうしたって、無視はできない。

たぶんライル自身が輝いているから、その華やかさに引き寄せられてしまうのだ。まるで誘蛾灯《ゆうがとう》のようで、そのまま彼の発する光で灼《や》かれてしまいそうだ。

ライルが珪をどう思っているのか、正確にはわからない。当面は味方になってくれるだろうが、そのあとのことは謎だ。

だからこそ気持ちを引き締めなくてはいけないのに、心臓は激しく脈打つばかりで、なかなか平常には戻らなかった。

「それで、どうしてうろうろしてたんだ？　このあたりは裏通りで危ないって聞かなかったか？」

キスのせいで動揺しきったらしく、珪はかなり様子がおかしかった。よく見えないが、おそらく真っ赤になっているのだろう。

珪を拾って以来、ライルは彼が気になって仕方がない。

珪が笑うとライルも嬉しくなったし、彼が表情を曇らせればその理由を案じた。

……自分らしくないと、思う。一隻の船の船長であり、三十名近い仲間の命を預かる身の上だ。この体《てい》たらくは、かなり情けない。

「すみません。ちょっと買いたいものがあって」

「何だ？」

「お米です」

日本人は米を主食にしているらしいが、欧米人にとっては付け合わせの野菜程度の認識だ。わざわざ買いにいくほど食べたいとは、考えてもみなかった。

「あと、野菜を少し」

「腹が減ってるなら、何か喰《く》っていくか？」

そう尋ねてから、あの英兵があたりを見回っているなら面倒なことになると、ライルは考え直した。それが珪にも伝わったのか、「いいえ」と即座に首を振った。

「今はあまり、お腹は空いていないです。前に、ルカさんが日本の料理を食べてみたいって言っていたでしょう。僕は料理はだめだけど、お米くらいなら炊けるので、それで何か作ってみようと」

「……そうだったのか」

居場所を欲しがるのは人の鉄則だ。たぶん、珪は船上で誰かのために働き、己の存在理由を確かめたいのだろう。それはわかるが、珪が自発的に動いている理由がルカのためなのは、ライルにとってはいささか複雑だった。

「材料がほとんどないので難しいんですけど、似たようなものなら作れるかもしれないって思って。特に醤油《しょうゆ》がないのが致命的で……あ、醤油ってわかりますか?」

「いや」

するとも珪が醤油なるものの説明を始めたので、あまり興味がないライルには少し退屈だった。いや、これもまた珪の照れ隠しなのかもしれない。

「おまえってさ」

ライルは小さく笑って珪の躰を抱き寄せる。

「な、なんですか!」

キスを何度もさせる隙《すき》はあるくせに、こういうときに珪はとても敏感に応じる。

それどころか今みたいに、こうして困ったように目を潤ませて自分を見つめるから……勘違いしそうになる。

本人はくすぐったいだけだと言っているが、それでこの反応は少し過敏すぎないか。

「嫌じゃないのか?」

「嫌って、どれがですか?」

「俺にキスされて」

「え……」

考えたこともないとでも言いたげに、珪が絶句する。

「――もしかしたら、普通嫌がりますか？」

「好きでもない相手に触れられたならな」

ライルの冗談を聞いた珪は、それきり押し黙ってしまう。

まずいことを言ったのだろうか。もしくは、何か核心に触れたのか。

「それとも、嫌なのに我慢させてるのか？」

「いいえ、それはないです。自分でもなぜなのか……ちょっとよく、わかりません。次は嫌がるようにします」

「わざと嫌がる必要はないんだぞ」

「だって」

混乱しているのか、珪が黙り込んでしまう。困らせたいわけではなかったのに、ライルは失敗したな、と内心で舌打ちをした。

ライル同様に珪も自分を憎からず思っているとか？

いや、そこまでの結論を出すのは早計だ。珪は目の前にあることに手いっぱいで、己の感情の分析をする余裕などないはずだ。そうであれば、解きれない問題をあえて提示するのは酷な話だろう。

「ごめん、もうキスはしないよ」

「別に、してもいいです」

「本気か？」

冗談交じりで問い返すと、弾みで言ってしまったらしく、珪は「あ」と口許を押さえた。

無自覚で誘っているのか、わかっていないのか……何とも罪つくりなやつだ。

それにしても、こういう他愛ないやりとりが楽しいと思えるのは、何年ぶりだろう。

港町に立ち寄れば、ライルに熱を上げる娼婦も娘たちもたくさんいた。彼女たちの好意は嬉しかったけれど、それはライルにとっては儀礼的なもので、ここまで心を弾ませた経験は久しくなかった。

「す、すみません、今のは……冗談、です」

これ以上ないくらいに頬を染めた珪が可愛くて、ライルは「おまえはさ」と呟《つぶや》いた。

「おまえはいい子だな」

「子供扱いしないでもらえませんか。日本人が童顔に見えるのはわかってるけど、いくら何でも限度があります」

珪が唇を尖らせると、よけいに幼さが増すようだ。

「いくつなんだ？」

「十七」

「子供じゃないか。俺より十二も年下だ」

弾みで吹き出してしまったせいか、珪はむっとしたように唇を尖らせた。

「生憎《あいにく》、この時間じゃいかがわしい店しか開いてない。買いたいものがあるなら、明日、ほかのやつにつき合ってもらえ。荷揚げがあるんで、あと二日はここに留まる」

「はい」

頷いたときに、きゅるきゅると珪の腹が鳴った。

先ほどからライルは港のあたりを注意深く観察していたが、英兵の動きに不審な点は見られない。ならば、そろそろ頃合いに違いない。

「ちょうどいい。あいつらもいないみたいだし、船に戻るか」

「でも、ご飯は？」

「調達したところだ」

紙袋の中には珪に渡そうと思って買った缶が入っている。中身は檸檬《れもん》味のドロップで、これくらいなら簡単に手に入った。だが、渡すのはあとでいいだろう。

「ヴィオレッタさんは？」

「馬鹿、おまえが優先に決まってんだろ」

少し大袈裟《おおげさ》だったが、そう言ってやると、珪は照れたのだろうか。はにかんだような顔になり、微かに目許を赤く染めている。

「どのあたりで、みんなは飲んでるんですか？」

「あの門のあたりだな。わかるか？　大きな教会があるだろ」

植民地として発達したマドラスは、英国風の建物が多い。目立つ建造物は、たいていが植民地になってから英国人の手で建てられたものだ。

突堤に立った珪はくるりと振り返り、瓦斯灯《ガスとう》で照らしだされた港町を眺めた。

「ここはあまり蒸気機関がないんですね」

町全体が薄暗いのは、未だに瓦斯灯の光に頼っているせいだ。

「マドラスはでかい港だが、町の発展の速度に設備が追いつかないんだ」

「随分、遠くまで来た……匂いが、日本とは全然違います」

やけに実感が籠もった様子で、珪がそう呟く。ライルと反対の方角を見ているせいで、彼の表情まではわからなかった。

「ちょうどいい。おまえのことをもう少しだけ教えてくれよ、珪」

「僕の？」

「どうしてここに来た？」

船に戻るのを変更し、ライルは自然と突堤に腰を下ろした。ここならばリベルタリア号が見えるので、何か異変があっても即座に駆けつけられる。話をするには格好の場所だった。

「――僕の父は、研究者なんです。母は幼い頃に亡くなり、身寄りは父しかいません」

漸《よう》く腹を割ってくれる気になったらしく、珪が重い口を開いた。

瓦斯《ガス》が足りなくなっているのか、街灯の頼りない光が揺らいでいる。南洋の星が波間に映って小さな宝石のようだ。この中から黒真珠を拾い上げたなんて、自分は本当に運がいいと口笛の一つも吹きたくなる。

「父は英国で新しいエンジンの開発に取り組んでいて……もうじき完成するっていう手紙をもらっていたけど、行方《ゆくえ》不明になったって電報が学校の寮に届いた」

「機関《エンジン》の開発者か……」

それはなかなか危険な立場だと直感し、ライルは口を噤む。

十九聖紀は機関の時代だと言われるとおり、エンジンは何をするにも基本になる部分だ。効率のよいエンジンを欲しがっているのはどの国も同じで、立派な大学教授からあやしげな日曜発明家まで、こぞって新製品を生み出そうとしている。

だが、かといって軍まで使って珪のような少年を追いかけるだろうか？

「それくらいじゃ軍は出てこないだろう」

「もともと父は、英国政府をあまり信じてなかったみたいです。だから、最初は一緒に渡英したのに、僕だけ日本に帰したんです」

「それで行方不明になったから、探しにいくって……おまえは英国政府を怪しいと睨んでるんだろ？　つまり、一人で敵地に乗り込んでいくつもりなのか？」

「そうなります」

珪の無謀さに、ライルは瞠目《どうもく》した。

これは勇気があるどころの騒ぎではない。何も持たない無力な少年が、身一つで英国へ父を探しに行こうとしているのだ。

「だが、それだけじゃ英軍は出てこないはずだ。おまえが何か知ってるって思われてるんじゃないのか？　父親の研究に関して」

ライルの懸念をよそに、珪は「それはないです」と淡々と否定した。

「だけど、僕が何かを知っていたほうが、よかったかもしれません」

「どういう意味だ？」

「そうしたら、父さんと英国にいられたかもしれない。でも本当に、僕には何もないんです。科学の成績はからっきしだし」

「――そうか」

「役立たずですね、僕は」

短い呟きに、今の珪の気持ちがぎゅっと込められているような気がした。

そんなことは、ない。

何か突出した能力なんてなかったとしても、心根こそが武器になる者はいる。どうしても手助けしてやりたくなるとか、目を離せなくなるとか、そういうのだって立派な才能の一つだ。

「おまえには勇気があるよ。それはおまえの宝だ」

「勇気なんて……」

「あるよ、おまえが自覚してないだけだ。可愛い顔してなかなか剛胆《ごうたん》だよ」

ともあれ、これでどうして珪が狙われているのか、十二分に理解できた。

クロードたちは、珪を人質にでもして父親を呼び出そうというのだろう。たった一人の肉親であれば、そこまでの情を抱くのも人としては当然だ。

「ライルは？」

「ん？」

突然水を向けられて、ライルは面食らって珪に視線を向けた。

「どうして船乗りになったんですか？」

「俺の家はもともと貿易業をしてたんだ。親父が船乗りで、小さい船から事業を始めて……もちろん俺も後を継ぐつもりだった。でも、時化《しけ》で親父が死んで積み荷ごと難破。会社は親戚に取られちまって借金だけが残った」

よくある話だ。船長を信頼できる相手に任せられればいいが、始めたばかりの貿易会社では自ら航海するほかない。安全なところにいては、儲《もう》けなどたかが知れていた。

「…………」

「あとはお決まりだな。借金を返すために船乗りになって、いつか自分の船を手に入れようと思っているうちに、ルカに会って……こうしてリベルタリアを手に入れた。貧乏人の学がない男にしてみれば、上出来なのし上がり方だ」

「じゃあ、ここがゴールですか？」

「……どうかな」

己が、いつも冒険を渇望している理由。

それはもしかしたら、自分が飢えているせいなのかもしれない。刺激に、心を震わせる出来事に。

けれども、少なくとも珪に出会ってからは退屈しなかった。十年一日の如《ご》き船の中でも、常に新鮮な楽しみがあった。

「あれ、船長。それに珪じゃないすか」

いきなり会話に割って入ったのは、港町から急ぎ足でやって来たジョシュだ。

「お、ジョシュ。おまえ、もう船に戻るのか？　早いな」

「よりにもよって、風邪で娼婦がみんな休みなんですよ。船長だって目当てのヴィオレッタがいなかったくせに」

「休み……？」

呟いた珪の肩が小さく震えたように見えたのは、気のせいだろうか。

「じゃ、先戻ってます」

ひらひらと手を振りながら、彼が走り去っていく。

おかげで話の腰がぱっきりと折られてしまい、ライルは頭を掻いた。

「話の続きだが……」

「いえ、もう、終わりです」

珪がどこか硬い表情で言うと、突然、ライルを正面から見つめてきた。

「――お願いがあります」

改まった調子に、ライルは面食らってしまう。先ほどまでの和やかさは、いつしか霧散していた。

「ちゃんとお礼はします。だから、このまま乗せていってください」

「どういう意味だ?」

「父さんの研究はお金になります。英国に行く運賃は父に再会すればいつかは返せるはずだし、面倒でも僕を放り出さないでほしいんです」

今までいい雰囲気だったのに、話の雲行きが突然怪しくなったことに、ライルは戸惑った。

やはり、最終的には己は珪に信用されていないのだろうか。

確かに知り合って以来の月日は短いし、相手についてすべてを知っているわけではない。

それどころかまだまだ手探りで、やっと彼の事情の一端を知った程度だ。事実、ライルは自分のことを珪に明かせてもいない始末だった。

「……そうだな。旅費については考慮しよう」

「え？」

「リベルタリアは貨客船じゃないんで、運賃規定がないんだ。あとで考えよう」

珪が何ともいえずに複雑な顔つきになったものの、時間稼ぎをし、珪の気持ちを変えたかった。ライルが欲しいのは金でも儲け話でもなく、珪の信頼だ。

――そう、そんな単純なものだ。

欲しいのは、つまり……。

つまり、とライルは自分の気持ちを解明しようと、珪を凝視する。

たっぷり三分は見つめ合ったところで、漸く、珪が口を開いた。

「……あの」

「ん？」

今度は珪から切り出してきたので、ライルはできるだけ優しい声で応じてやる。

「それ、届けなくていいんですか？　冷めちゃいますよ」

「ああ、そうだった。忘れてたな」

ルカたちの食事を買ってきたのに、すっかり頭から消え失《う》せていた。立ち上がったライルに、珪は少しだけ困惑したように微笑《ほほえ》んだ。

ルカの船室の扉を叩くと、彼は茫洋《ぼうよう》とした顔で窓に凭れ掛かっていた。

一時は珪に船室を明け渡したルカだが、今は自分の部屋を取り戻している。代わりに、珪は船員たちと雑魚寝《ざこね》をするようになっていた。

相変わらずきちんと整頓された部屋は塵《ちり》一つ落ちておらず、彼の几帳面さを裏づけていた。

ぼんやりとした様子のルカは黒い手袋を嵌《は》めた左手を、右手で頻《しき》りに撫でている。

「……ルカ」

一度では、ルカは反応しなかった。

「おい、ルカ」

再び呼びかけると、ルカがゆるゆると視線を巡《めぐ》らせ、そして「ああ」と呟いて姿勢を正した。

「ライル、早かったですね。何か変わった点でも？」

「特にない。飯を食わないかと思ってな」

「すみません。少し食欲がなくて」

気を取り直した様子のルカの表情はやはり晴れない。

珍しくクラバットを緩め、気怠げな顔つきなのも気になった。

聞いてくださいとは絶対に言わないであろうし、こういうときは自ら水を向けるに限る。

「どうした？」

「戻ってきたノエに聞きました。港に想像以上の数の英兵が配備されているとか」

「……ああ。でも、特に問題はなかったよ」

印度は英国の植民地だし、マドラスは重要な都市の一つなので、もともと兵士の数は多い。加えて珪の捜索情報を流していれば、手柄を欲しがる連中が町を執拗《しつよう》にうろついたとしてもおかしくはない。

厳しい顔つきのルカに、「飯が嫌なら、酒でも飲むか？」とライルは努めて明るく告げた。

「どちらもいりません。ありがとうございます」

ルカは浮かない様子で木製の椅子を引き、そこに腰を下ろす。こういうときでも上着をきちんと着る主義のルカは、暑くないのだろうかといつも思ってしまう。先ほどフロックコートを着ていったのも、拷問に近い暑さだった。だが、それこそよけいなお世話だろう。

「いいニュースと悪いニュース、どちらを先に聞きたいですか？」

「いいほうから頼む」

「米国と英国の外務省同士が、何か画策しているようです。これは倫敦《ロンドン》とワシントンのスタッフから入った情報です」

現地に置いた情報員の連絡で、それだけではいいニュースとは断定し難い。

だが、新旧二つの勢力に正面きって喧嘩をされるよりはましだ。

「なるほど。悪いニュースは？」

「……あまり言いたくはないのですが」

深刻そうなルカの素振《そぶ》りに、ライルは即座に覚悟を決めた。

「もしかしたら、あいつが近づいてるのか？」

「ええ。英国の巡洋艦が近いと、先ほど入電が。それに、少し……」

ルカは自分の左手に視線を落とす。

「うーん」

腕組みをして、ライルは唸った。船を守るために必要最低限の人数は置いているし、連中も考えなしに夜襲をかけるほど愚かではないだろう。こんなに船が密集した港では、下手《へた》に攻撃を仕掛ければ他の船も巻き込みかねないためだ。

「一応は聞いておきますが、珪を引き渡すわけにはいかないんですか？」

「国益に反する」

国益との大仰《おおぎょう》な言葉を、ルカは笑わなかった。

「ここで英国とことを構えても、国益に反します」

珪をああ見えても特別扱いをしているわりには、ルカの口ぶりは冷酷だ。その冷えた理性の存在こそが、ルカの本質ともいえる部分だった。

「どちらがよりましかっていう悪いほうの二者択一なら、俺は珪を助けたい」

「どうしてですか?」

「どうしてって……」

一度ライルは口を噤み、そして腕組みをして唸った。

「――なんだか放っておけないせい、かな」

「いつからですか?」

「最初からだ」

暫く黙っていたルカは、わざとらしいほどに深々とため息をついた。

「先日から指摘しようと思っていましたが、それは『一目惚れ』ですね」

「何だ、それは」

唐突に混じった異国語に思わず眉を顰《ひそ》めると、ルカは一転して得意げに眼鏡のブリッジを押し上げる。

「相手を一目見た瞬間に恋に落ちてしまうのを、日本語ではそう言うんです」

「恋……」

この場には不釣り合いな言葉に、ライルは思わず繰り返してしまう。

確かに珪のことは可愛いと思うし、守ってやりたいし、そばに置いておきたいと思うけれど……これが恋だと?

そんな馬鹿な、と言いたかった。

無論、ライルだってこの歳《とし》までにそれなりに恋愛経験はある。今は決まった相手はいないものの、本気で入れあげた女性もいた。だけど、誰が相手のときでもここまで胸は震えなかったはずだ。

なのに、初めて珪を見たときには目を奪われた。あの瞬間奪われたのは、心も同じだったのか。

だとしたら、こんなにも彼が気にかかってしまうのは納得がいく。

どんなときでも珪の味方になりたい、庇ってやりたいと思うところも。

すべてが恋情のなせるわざだというのなら、己の変化を受け容れるのも吝《やぶさ》かではなかった。

「どうですか？　間違ってますか？」

問いかけるルカの言葉に我に返り、ライルはこほんと咳払いをして口を開いた。

「まだわからない」

頼りない相手を放っておけないのか、それとも本当に恋なのか。

こんな気持ちは初めてなので、確定するのはまだ早い。

「そのほうが有り難いですよ。あなたがまさか珪のような子供に嵌《はま》るなんて……正直、考えたくありません」

ルカは嘆かわしいとでも言いたげに、肩を竦めてみせる。

「子供って、珪は十七だ」

「十二も年下とは……少年愛嗜好というものですね」

ばっさり切り捨てられ、さすがのライルも神経を逆撫でされた。

「人を変態みたいに言うな！　十七のときは俺はとっくに船に乗ってた。立派に一人前だったよ。珪だって、船乗りの経験はないが覚悟は一人前だ」

珪に対する先ほどの己の発言を棚に上げたライルが本気で抗議すると、ルカは微かに唇を綻《ほころ》ばせた。

「冗談です」

「嘘だ」

「本当に、冗談です。あなたがむきになるのは面白い」

いや、多分に本心が混じっていたと思うのだが、追及すると藪《やぶ》をつついて蛇を出す羽目になりそうだと、ライルはひとまずルカの言葉を拝聴する。

「でも、それならあなたが助けたがるのも合点がいく。人助けのためだの何だのと言われるよりは、恋した相手のためだというほうがよほどいい」

「色恋のためになんて、と言わないのか？」

「言いませんよ。ある種の人々にはそれが原動力となります。羨《うらや》ましい限りだ」

他愛のない会話をしているうちに食欲が湧いてきたのか、ルカは漸く皿に手を伸ばし、パンを千切《ちぎ》る。左手でまだ栓の開いていないワインの注ぎ口のあたりを撫でると、それは音を立てて二つに割れた。

「だめですね、私としたことが、力の制御もままならないとは」

「そこまでぴりぴりするなよ、ルカ。あいつは変人だが、話は通じる……たぶん」

ルカは何も言わずに、憂鬱《ゆううつ》そうに表情を曇らせる。

「交渉次第です。あの方が珪を欲しいと言ったら、どうするんです？」

ライルには答えられない。

「あなたの背負っているものと珪を引き替えにできますか？」

畳みかけるような質問に、ライルはぐっと押し黙る。

以前までなら、自分はその問いにどう答えていただろう。

もう、思い出せなかった。

7

「陸地、見えなくなっちゃったよ」

小走りでやってきたノエが、厨房にいる珪《けい》にそう報告をした。

「そう……次はどこで補給かな」

「必要があればスエズの手前だと思うよ」

さすがにノエは航海に関しては詳しかった。

交易品のほかに、大量の石炭に飲料水、食料、ワイン、嗅煙草《かぎたばこ》などなど。

荷揚げと荷積みを済ませ、不足していたものを一気に補給してから、リベルタリア号はマドラス港を出発した。ここまで来れば日本から欧州の道のりは半分ほどだ。スエズ運河がない時代はここから更にアフリカ南端を回って旅をしていたのだから、つくづくあれができてよかったと頭が下がる。

港では英軍によるコンドル号の捜索があったらしいが、特に何も見つからなかったとの話だ。ほかの船をすべて調べれば膨大な時間がかかるし、足止めされる船の不満も大きくなる。

結局、船主たちに船が遅れる損失は補塡《ほてん》できるのかと抗議され、英軍も諦《あきら》め、珪の捜索は不問に付されたらしい。

リベルタリア号自体はあと一、二度は補給をする必要はあるらしいが、それさえ乗り切れば航海は安泰なはずだ。

「で、珪は何やってるの？」

「米を炊いてるんだよ」

厨房を借りた珪は、料理をしている最中だった。

体型を隠さなくてよくなった珪に、ライルは新しい服を買ってくれた。水兵風の服は涼しくて過ごしやすい。

料理をすると宣言して当番を代わってもらったものの、いくら考えても作れそうな献立は海苔《のり》を巻いていないおにぎりや浅漬けくらいのものだ。食材は手に入っても、調味料がないのはなかなか厳しい。貴重な水を使ってしまうのは申し訳なかったが、どうせ船に載せていれば早々と傷んでしまう。それに、ルカに日本食を食べさせたいと明かすと、厨房を預かっていた船員は一も二もなく賛成してくれた。もしかしたら、単に当番を代わってほしいだけだったのかもしれないが、どちらにしても有り難い。

水で濡《ぬ》らした手に塩を擦《す》りつけて、あつあつの米の塊を手に載せる。

「あちっ」

「珪⁉」

いったい何をするのかと、ノエが素っ頓狂な声を上げた。

「こうしてまだ熱いうちに握るんだ」

あまりの熱さに指が真っ赤になったが、とにかく冷める前に握らなくては。

「熱いご飯を摑むなんて、日本人はすごいね。それも侍《さむらい》だから？」

「そうじゃないけど……」

米の種類が日本のものと違うので、握ろうとしてもぱらぱらになってしまう。悪戦苦闘しているうちに、ひしゃげてはいたが三角形に近づいてきている。

漬け物がないのが申し訳ないが、これは港で手に入れたキューカンバを塩もみにして誤魔《ごま》化《か》した。

「まず、これで一人分」

「え？　もしかして、これが料理……？」

「そうだよ」

珪は昔ながらの白鑞《しろめ》の皿におにぎりを三つほど並べ、そこに塩もみを添えた。更に多くのおにぎりを作ろうと、再び掌に米の塊を載せる。

「これだけじゃ、お腹空かない？」

「うーん、魚、焼いたほうがよかったかなあ。ノエ、どう思う？」

「今からじゃ間に合わないよ、きっと」

ノエの言うことはもっともで、夕食を少し早めてもらったほうがよさそうだ。

「これが日本の料理か……」

ノエはすこぶる不審げだったが、珪が握ったおにぎりの盛りつけを手伝ってくれた。

「珪、できたか？」

珪が日本の料理を作っているとの噂は既に船内で持ちきりだったらしく、走ってきたジョシュが厨房を覗き込んだ。

「一応」

「じゃ、皆で交代で喰うよ」

と言いつつも、ジョシュもまた料理を載せた皿を疑念の籠もった目で眺めている。

「これが料理なんだって！」

ノエの言葉に、ジョシュは怪訝な顔つきで唸った。

「あの、ルカさんは？」

「船室にいるよ。俺が運ぼうか」

「ううん、僕が持っていきます」

珪が厨房を出ようとしたところ、食堂にいた船員がざわめいた。

ルカだった。食事は一人で静かに摂《と》るのが好きらしいので、かなり意外だ。

「手ずから日本の食事を振る舞ってくださると伺い、待ちきれなくなりました」

「どうぞ、これです」

上着まで着込んでいるのに汗一つ掻かないルカは、くっと眼鏡のブリッジを押し上げ、眼光鋭くおにぎりの皿を検分する。

「これは何ですか？」

「おにぎりです。おむすびとも言うんですけど」

年代ものの白鑞の皿にちょこんと盛りつけられたおにぎりは、いかにも貧相だ。何しろ皿の大きさに比べて、おにぎりが圧倒的に小さい。もう少し大きく作ればよかっただろうかと珪は反省したが、それこそ後の祭だった。

「神秘的な響きですね。二つも名があるとは」

ルカはうっとりとした顔つきで、皿に盛られた塩むすびを見つめる。

「あの、よかったら食べてください」

どうやら反応は悪くないと、珪は安堵《あんど》に胸を撫で下ろした。ルカのために作った食事なので、ルカが喜んでくれなくては意味がない。

「フォークとスプーン、どちらを使うのですか？　それとも、あの箸という神秘的な道具を⁉」

まさか、箸の用意まであるなんて、さすがルカだ。

「手でどうぞ」

「手？」

「はい。これは非常食というか、『お弁当』みたいなものなので」

弁当なる単語の意味が通じなかったようだが、ルカは神妙な顔で頷いた。

「日本人は合理的な食習慣を持っているのですね」

「たぶん、サンドウィッチみたいなものです」

当たっているかはわからなかったが、適当な例を出してみる。

「なるほど」

お弁当を上手く説明できなかったものの、ルカは期待に満ちたまなざしになっていた。

「あったかいうちにどうぞ」

ルカは自室に戻らず、手近にあった椅子を引き出してそこに腰を下ろした。そして、おにぎりを取り上げて小さく口を開けて嚙みついた。

おにぎりをじっくりと咀嚼《そしゃく》したあと、ごくりと飲み込む。

「……これは」

「どうですか？」

おそるおそる問うと、ルカは「素晴らしい！」と感に堪《た》えぬという風情《ふぜい》で呻いた。

「本当ですか？」

「塩と米だけでありながら、この奥深い味わい」

もう一口をエレガントに咀嚼し、ルカは深々と頷いた。

「まさに侘《わ》びと寂《さ》び。禅の心を感じます。何やら宇宙的な意味さえ込められているようで、人の心のあり方、存在のあり方を考えたくなる」

日本文化に関する知識が中途半端と謙遜《けんそん》しつつ、ルカは妙なところで造詣が深い。

「ありがとうございます、珪」

はらはらした面持ちで皆の食事の光景を見守る珪に視線を向け、ルカは微笑を浮かべた。

この船に乗ってから、こんなに嬉しげにルカが笑うのを見たのは初めてかもしれないと、珪は目を瞠《みは》る。

「どういたしまして！」

世話になったルカに料理を振る舞いたかったので、彼がそれを喜んでくれたのは有り難い。

「あなたのおかげで、憧れの日本文化の一端に触れられました。胃ではなく、心が満たされます」

「でも、副長。いくらなんでもこれじゃ足りない……」

「黙りなさい」

穏やかだったが、迫力のある一喝があたりをしんと静まり返らせる。

「珪は私たちに清貧の思想を教えてくれているのですよ。昨日まで酒場でさんざん飲んだく

れたのですから、これで胃も休まるというもの。珪の心遣いに感謝しなくては」

「…はーい」

ルカはよほど信用されているらしく、彼らの不満はぴたりと静まってしまった。

さすがとしか言いようがない。

「なんか、副長がそう言うと……だんだんそんな気がしてきたな」

ジョシュが小さく呟いたので、向かいに座っていた甲板員が「そうなんだ」と同意を示した。

「足りないとは思うんだが……その物足りなさも何か奥深いような」

「いや、それは本気で足りないんだろ」

食堂に明るい笑いが満ちたので、珪はほっと胸を撫で下ろした。

船員たちは質素な塩むすびを次々に食べ終えると、「物足りない」と呟きつつもそれ以上は文句を言わなかった。

「あ、ノエ。食べ終わったなら、これ、ライルに運んでくれる?」

「え?　珪が持っていくんじゃないの?」

「……いいんだ」

何となく、ライルに対してはまだ釈然としない気持ちが残っている。

ライルがこれを食べて美味しいと言ってくれれば、珪だって無論嬉しくなるだろう。

だけど、マドラスに立ち寄った日からライルとはぎくしゃくし、もう三日になる。

確かにライルは珪を助けてくれたし優先してくれたけれど、それは、ヴィオレッタが風邪を引いて店を休んでいたからだ。あのときもしヴィオレッタが健康で娼館に出勤していたなら、ライルは珪を助けられなかった。今頃自分は、英兵に捕まってしまっていたに違いない。

結局、ライルは珪のことなんて積み荷の一つくらいにしか思っていないのではないか。

それならそれでいいはずなのに、理性ではなく心が納得してくれない。

積み荷じゃ嫌だ、と。

ライルの本心を知るのが怖くて、ヴィオレッタについて知った途端に、ライルに上手く打ち解けられなくなったのだ。

それどころか、金で解決したいと言い出して彼との関係から逃げてしまった。

自分は、ずるい。

でも、きっとそのほうが楽だ。ライルとの関係を深く考えたら、知らなかったものに直面しそうで、自覚したら何もかもが壊れてしまうに決まっていた。

「日本食ってのは、不思議な食べ物だったたな」

「本当ですよ、船長」

昼食を終えたあと、操舵室に呼ばれたライルは渋い顔で望遠鏡を覗く。

水平線上に見える船影は数隻分、それだけの軍艦を率いてやってきた以上は、少なくとも大英帝国は本気ということだ。
一、二、三……数えるだけでうんざりとしてくる。
「電文はどうなってる？」

「今、ジョシュが」

甲板長のリックの返答とほぼ同じタイミングで、通信員のジョシュがぱたぱたと走り込んでくる。

「船長、これです。二通あって、一通は今、副長が解析中です」

英軍の電信はまったく暗号化されておらず、端的に『黒真珠《ブラック・パール》を速《すみ》やかに渡されたし』とのみ書かれていた。差出人は、案の定、クロードだった。

やはり、クロードはここに珪がいると確信しているのだ。

「あの……そこにある黒真珠って何ですか？」

不思議そうなジョシュの声に、ライルは「宝物だ」とだけ答えた。

どうする？

おそらく英軍はリベルタリアとの交戦を望んでいるわけではないだろう。だが、油断はできない。

甲板員に頼んでルカを呼び出すと、すぐに彼がやって来た。

「ライル」

急ぎ足でやって来たルカは、微かに蒼褪《あおざ》めている。

「どうかしましたか？」

「黒真珠を渡せって要求だ」

ライルがぴらっと電信のタイプされた用紙を見せると、ルカは眉間《みけん》に皺《しわ》を寄せた。

「どうして気づかれたんでしょうか」

「……そりゃ、仕方ないさ。俺は神に愛されてるからな」

「どうしますか」

険しい顔で問われたものの、ライルの返答は決まっている。

「どうって、渡すわけにはいかない」

「なぜかと尋ねるのは、おそらく愚問ですね」

「わかってるじゃないか。一度俺の船に乗せたんだ。目的地までは連れていく。言っとくが、色恋沙汰は関係ないからな」

「――それなら結構です」

表情を引き締め、ルカはライルを真っ向から見つめた。

「でしたら、偽装を解除しましょう」

意外な提案に、ライルが眉を顰める番だった。

リベルタリアは貨物船だが、ただの船ではない。その真の姿を現すのは、よほど重大な局面と決めている。

珪を助けるために、ルカは斯《か》くも重大な決断をするつもりなのか。慎重な彼にしては、大胆すぎる策だ。クロードが近くにいる可能性が、そんなにも大きなプレッシャーとしてのしかかっているのだろうか。

無論、ライルとしては願ったりだ。

珪の信頼を勝ち取るためには、ここで彼を守り抜くほかない。いずれにしても英国とぶつかる必要があるのなら、派手にやり合ったほうが相手の士気を挫《くじ》ける。

だが、それはライルの個人的な思惑にすぎない。

それに船員を巻き込むのには、躊躇いがあった。

「待てよ、ルカ。今、ここであいつらと戦うつもりか？」

おかげで普段は豪快なライルのほうが、及び腰になってしまう。

「いいえ。真正面から戦ってはまず負けます。あちらは軍艦五隻にあの方まで乗っている。ですが、多少の時間稼ぎさえできれば、勝機が見えるかも知れません」

「どういう意味だ？」

「気になる情報を入手しました。先ほど二通の入電があったと言われませんでしたか？　ただいま、もう一通の裏を取っています」

　こんなときでも秘密主義なのが憎らしい。

「そうか……にしても、珍しいな」

　心底そう思ったので、ライルはつい口に出してしまう。

「何が、ですか？」

「おまえがあいつを助けるとは思わなかった」

「少々、情が湧いたようです」

　照れているのか、ルカは普段以上に淡々と告げる。

「それに、おにぎりの礼もあります」

「おにぎり？　さっきの塩味のライスか？」

「ええ」

　普段ならば常に何よりも船を大事にするルカが、珪を選ぶとは、天変地異の前触れか？

　なおも釈然としない顔をしているライルを見やり、ルカがくすっと笑った。

「何を景気の悪い顔をしているんです？　少なくともこの航海のあいだは、珪は私たちの仲間です。仲間を守るのに、ほかの船員も疑問はないはずだ」

　ルカがそう言うのであれば、彼の厳しさを尊敬する他の乗組員たちも従ってくれるだろう。

「そうだな。――ならば、俺も異論はない」

ライルは表情を引き締め、頭を軽く振る。

英軍がどのような策を用いるのかはわからないが、とにかく今は珪を守り抜くだけだ。ルカが勝算があると言うのであれば、それを信じて立ち向かおう。

伝声管に命令を吹き込むため、ライルはすうっと息を吸った。


「野郎ども！」

どこからともなく声が聞こえ、厨房を片づけていた珪は弾《はじ》かれたように顔を上げる。

ライルの声だ。

ややあってそれが、頭上の伝声管を通じて伝わってくるものだと気づく。この船は随所に伝声管が張り巡らされ、すぐにライルの指示が伝わるようになっているのだ。

「英軍に見つかった。偽装を解除するから、手の空いてるやつは順次準備をして持ち場へ向かえ。機関室と石炭庫の連中は、そのまま待機だ」

食堂に留まっていた船員たちが「出番か」とがたがたと立ち上がった。

「あ、あの……」

「危ないし、中にいろよ」

マルコが人懐っこくにっと笑って片目を瞑《つぶ》った。

「おにぎり、だっけ。ご馳走《ちそう》さん、これで百人力だ」

「あ、どういたしまして」

船員たちが一斉《いっせい》に機敏に動きだしたので、珪はわけもわからずに目を丸くする。困惑しているのはノエも同じで、「何？」とあたりをきょろきょろ見回すばかりだ。

瞬《また》く間に食堂からは人影が失せ、食べかけの皿やジョッキなどが残された。

「珪、ぼくたちも甲板に行ってみようよ」

「待って、お皿だけでも片づけておこう」

「細かいなあ」

ぶつぶつと文句を言いつつも、ノエは片づけを手伝ってくれた。皿をいつでも洗えるように積み重ね、どちらからともなく甲板に走り出す。

「！」

黒い戦艦が隊列を組み、リベルタリア号の前で待ち受けている。

高々と掲げられたユニオンジャックを見れば、最早《もはや》間違いようがない。この旅で何度も目にした、英国のフリゲートだった。

「珪、見て！　軍艦だよ！」

「……うん」

見えているという愛想のない言葉は、さすがに出てこない。

まさしく多勢に無勢とはこのことだ。

それなりに距離を取っているものの、あの隊列を強引に突破するのは難しい。

甲板に配置された船員のあいだには、奇妙なまでに張り詰めた緊張感が漂う。

——あれ？

だが、珪が困惑したのは、その異様な気配のせいだけではなかった。

船員たちの服装が、これまでとはがらりと変わっている。

先ほどまでだらしなくシャツを着ておにぎりを囓っていたくせに、今はきちんとした制服に身を包んでいるのだ。おまけに各自が手にしているのはぴかぴかに手入れをされたライフル銃で、物騒な代物《しろもの》に珪は目を瞠った。

これではまるで、軍隊じゃないか。

「すごいよ珪、大砲が出てきた！」

手摺りから身を乗り出していたノエがはしゃいだ声で言ったので、珪は「しっ」と指を唇に当てた。

ライルは……いた。

ライルは船首に立っているが、意外なことにルカの姿はない。

「…………」

見事なまでに凛々しいライルの軍服姿に、目を奪われてしまう。

刺繍《ししゅう》が施された、涼やかな白いスタンドカラーの上着。髪を撫でつけたライルは軍帽を被《かぶ》り、白い手袋を嵌めている。

まるで別人だ。

そのうえライルの軍服は、他の船員に比して人一倍凝っており、見るからに格が違う。肩章や階級章を見ただけでは身分はわからないが、ライルの胸にはたくさんの勲章がつけられている。

いったい、どういうことだ？

疑問を口にするまでもなく、ノエが今度は「珪、あれ見て」と服を引っ張った。

ノエが指さしているのは後部のミズンマストの天辺で、そこでは大きな星条旗が風を受けてはためいていた。

つまり……この船は米軍の軍艦なのか⁉

要するに今、ここには新旧二つの世界の軍が対峙《たいじ》しているのだ。珪の存在を抜きにしても、彼らの雰囲気が険しいのは納得がいった。

……あり得ない。

どういうことなのか、ライルに直々に聞きたい。

ノエから離れ、珪は腕組みをして船首に立つライルに近づいていく。すると、それにいち早く気づいた船員が、「珪」と小さく呼んだ。

それを耳にしたライルが珪を顧みると、厳しい面持ちで宣告をした。

「珪、おまえはノエとキャビンに戻ってろ」

「でも！」

英軍が出てきたのであれば、敵はおそらく珪を狙っているのではないか。一昨日《おととい》の騒ぎを思い出し、珪はぞくりと身を震わせる。

「一つ間違えれば戦争だ。お互い、自分の国の旗を背負ってる以上はな」

「だって、僕のせいなんでしょう!?」

ここで珪さえ出ていけば、誰にも迷惑をかけずに穏便に済むのかもしれない。

「それは思い違いだ。この船の上での出来事は、船長の俺が責任を取る。全部、俺のせいだ。おまえは関係ない」

そんなはずがない。

もっと早く教えてくれれば、自分から何かできたはずなのに！

馬鹿だ。自分は馬鹿だと、珪は唇を嚙んだ。

どうしてあのときライルの誠意を疑ってしまったのか。

彼ならば自分を守ってくれるはずなのに。

もしここで何かあったら、彼にお礼さえ言えなくなってしまうのだ。

どうしようもない後悔の念が押し寄せてくる。

何かを言おうとしたそのとき、どん、という大きな音がした。

その大音響に思わず目を瞠ると、前方から何か黒い塊が飛んでくるところだった。珪は急いで身を屈めたが、幸いにしてそれは船をわずかに逸れる。物体が海面に落ちた衝撃で、ぐらっと船が大きく傾いだ。凄《すさ》まじい勢いで水飛沫《みずしぶき》が上がったせいか、あるいは魔術が込められていたのか、手摺りの一部が音を立てて破壊されてしまう。

「くそ。あいつら、人の船を何だと思ってやがる」

「ライル、あの」

「いいから、中で待ってろ。おまえがいるとかえって厄介だ」

ライルが乱暴に身振りで示したが、己が争点だと知った以上は、珪だって引き下がれない。

「行こうよ、珪」

怯えた様子のノエがぐいぐいと服を引っ張ったけれど、珪は頑なに首を振った。

「だめです。逃げるなんてできません」

「珪ってば!」

見るからに怯えた様子のノエが声を上げるが、珪にも意地がある。

船上ではいろいろな出来事があったけれど、こうして振り返ってみるとどれもこれも楽しかったといえる。

これ以上彼らに迷惑をかけるのは、珪の良心が許さない。

そこに、英軍のフリゲートからまたしても何かが飛び出してくるのが見えた。

音を聞いてみても、おそらくは砲弾ではない。もっと軽くて機械的なものだ。

プロペラの音――飛行艇《ひこうてい》か！

編隊をなす飛行艇の姿に、珪は思わずライルの腕を掴《つか》む。

もし彼らの目当てが自分ならば、ライルは珪を人質にすればいい。そうすれば、彼らとて手出しをしかねるはずだ。

「誰か、こいつを中に……」

珪の意図に反してライルがそう言いかけたが、もう間に合わなかった。あたりのものをすべて巻き上げるような風圧で、飛行艇が降下してきたためだ。

「く」

風のせいで前がよく見えないらしく、ライルが目許を腕で覆った。

頭上を旋回する飛行艇が次第に高度を下げ、その中から次々に兵士たちが飛び降りてきた。

ゴーグルを装着したリックたちはそれを読んでいたのか、着地した英兵に銃口を向ける。

だが、彼らが体勢を立て直し、銃を構えるのはほぼ同時だった。

兵士たちの中央に、最後の一人が静かに降りてきた。

……誰なんだろう。

その男は、軍服を身につけてはいなかった。

一人だけ空気の重さが違うような、重力すら無視している優雅な所作だ。

ゴーグルもしていないのに目をはっきりと開け、風圧も気にならないらしい。

男は一見しても上等な艶《つや》のあるフロックコートを身につけており、タイをきっちり締め、これから競馬でも見にいくとでも言い出しそうな衣装だ。真っ白でしみなど見当たらない手袋。この南洋なのに、汗一つ掻いていない。

全員を降ろすと、飛行艇は再度浮上した。

兵士たちにを従えた青年は、ライルに正面から目を向けて口を開いた。

「久しぶりだな、ライル」

「あんたもな、クロード」

二人は紛れもなく顔見知りのようだが、互いの声には旧友に会えた喜びなど欠片も感じられない。

「相変わらず言葉遣いの悪い男だ」

クロードと呼ばれた男は口許に笑みを浮かべたまま、頭を振った。

さらりとした髪が陽射しに揺れる。

「失礼、育ちが悪いと言葉遣いに影響が出るみたいでね」

「これだから新世界の住人は下品でいけない」

いかにも相手を蔑《さげす》んだ口調は、珪でさえもむっとするようなものだ。

しかし、ライルは平然としたもので、顎《あご》を微かに上げて自分よりいくぶん身長の低い男を睥睨《へいげい》する。

「人の船に勝手に乗り込んでおいて、言葉遣いのチェックか？　英国の魔術士ってのはよほど暇なんだな」

皮肉を多分に込めたライルの台詞も意に介さぬ様子でクロードは視線を巡らせ、そして珪を見つけた。

リックたち米兵がライフルで狙いをつけているのに、つかつかと珪に歩み寄ってくる。

「随分、探したぞ」

「え？」

「私はクロード・エミリア。おまえの父の上司だ。黒真珠《ブラック・パール》、おまえを迎えにきた」

黒真珠……？

そう呼ばれるのは、二回目だ。つまり黒真珠とは、珪の暗号名《コードネーム》のようだ。

だが、理解できたのはそこまでだ。

「このような下賤《げせん》な輩《やから》とともにいては、おまえの父を心配させてしまう。私と一緒に来るがいい」

彼らが珪を追っているのは知っていたが、実際に父の話題を出されると心が揺らぐ。

父の行方を、知りたい。いったい彼の身に、何が起きたのか。

義一《ぎいち》の行方を知りたい。だが、迂闊に口を出せば藪蛇《やぶへび》になりかねない。

「おい、珪を口説くなよ」

ライルは乱暴に言うなり、珪の肩をぐっと摑んで自分に引き寄せた。

「わっ」

おかげで足が縺《もつ》れ、珪はライルの胸に顔を埋《うず》めるかたちになる。そうでなくとも先ほどの飛沫のせいで甲板は濡れており、滑りやすくなっていたためだ。

「口説くとは、つくづく品のない男だ」

侮蔑《ぶべつ》を込めた口調でクロードは告げると、ライルを睨みつけた。

「黒真珠は私たちのものだ。返してもらおう」

「どうしておまえのものになるんだよ」

「夏河《なつかわ》義一は我々のもの。その子供なら、当然同じく魔術省のものだ」

呆れるほどの暴論だが、クロードは自分の主張に何ら疑念を抱いていないようだった。

「父さんをどこにやったんですか⁉」

とうとう堪《こら》えきれずに、珪は叫んだ。

「それは私のほうが聞きたいね」

クロードは微かに眉を顰め、小さく頭を振った。

「あの男は、世間を変える素晴らしい研究をしているのに、なぜ、それを土壇場で捨て去るのか理解できない。そのうえ、残念ながら、我々魔術士も一枚岩ではない。魔術省には彼を匿い逃亡を幇助《ほうじょ》した魔術士がいる。それをいぶり出すには時間がかかるからこそ、義一には自ら出てきてほしいのだ」

「僕を人質にすることでって意味ですか？」

「案外、察しがいいな」

兵士たちはクロードを守るように陣形を組み直しており、それに対抗するリベルタリアの乗組員も連中に銃を向けていた。

「嫌です。父には僕のせいで信念を曲げてほしくありません。あなたたちとは行けません」

「こいつは俺の持ち物だ。船でも俺のイロで通ってるんだ。欲しけりゃ俺に頼みな」

愛人との言葉に、クロードは額に手を当て不作法すぎて頭が痛いとでも言いたげな調子で首を振った。

「野蛮だな。伝統がないうえに、品性すらないとはつくづく嘆かわしい。私兵上がりの傭兵《ようへい》風情に私が退《ひ》くと思うか？」

「傭兵だって兵は兵だ」

「そうだな。リベルタリアが偽装巡洋艦でないかという噂は、以前よりあった……図らずもここでそれが証明されたわけだ」

偽装巡洋艦……私兵上がりの傭兵。

クロードなる男の台詞から、漸く納得がいった。わからなかった点が、何もかも。

この船に武器が積まれているのは海賊船だからではなく、商船に偽装した巡洋艦だからだ。十六、七聖紀にはそういう船が多かったと授業でも習っていたのに、すっかり忘れてしまっていた。

こつこつと足音を立てて、クロードが一歩一歩近づいてくる。

「どれほど見苦しく吠えたところで、所詮《しょせん》は体制の走狗《そうく》。おまえに黒真珠は惜しい代物だ」

明らかに多勢に無勢でリベルタリア号に乗り込んできたクロードのほうが劣勢なのに、彼は何一つ気にかけていない。相変わらず冷たい顔つきで、ライルを蔑むように見据えている。

「惜しいとか惜しくないとか、そういう問題じゃない。俺にこいつが必要かどうかだ」

「おや」

クロードは薄い唇を歪《ゆが》め、文字どおりに冷笑を浮かべた。

「そういうことはどうでもいいのだよ。私たちは世界を変えるか否か、その過渡期にいる。生憎、貴様のような学のない男にはその価値がわからぬようだがな」

冷酷な言葉を紡ぎつつも、クロードは笑みを消さない。

「俺は珪を守る。それだけだ」

「なぜ？」

「こいつを助ける約束をしたんだ」

息詰まるような場面に、胸が苦しくなる。

今、リベルタリア号の置かれた状況は最悪だ。

ここまでの艦隊を前にして、無事に逃げ出すのは難しい。おまけに相手は魔術士のようだ。

なのに、ライルはごく自然に珪を守ろうとしているのだ。

気負うことも悲壮感を漂わせることもなく、それが当然だとでもいうかのように。

最後の最後で、彼との関係を作るのを諦めてしまったのは珪だというのに。

「わかったなら、消えな」

拳銃を握り、ライルは真正面からクロードを狙う。

「おまえたちが魔術士に対抗できると思っているのか？」

クロードは白手袋をした手でライルを指さした。

「それでも、こいつは俺のものだ。一度懐に飛び込んできた相手は、船を下りるまで俺が守り続ける。それが俺の信条だ」

不機嫌な顔つきで眉根を寄せ、クロードは「よろしい」と告げた。

「その覚悟だけは認めてやろう。私の部下たちが何をしても、不可抗力と思うがいい」

明らかな恫喝《どうかつ》だった。

「待てよ、クロード。こんなところで戦争をおっ始《ぱじ》めていいと思ってんのか？」

「大袈裟な男だな」

不快そうにクロードは眉を顰め、ライルを睨んだ。

「大袈裟なもんか。お互い国旗を掲げてやり合う以上は、ただの喧嘩じゃなくて戦争だ」

「なるほど、一理ある」

悠然と会話をするクロードは、ライルの言葉に素直に同意を示すほどの余裕があった。

「たかだか魔術省のお偉いさんに、開戦の権限があるのか？」

「くだらんな。閣下が私に英軍との連携を許可した以上、戦争は不可抗力だ」

ああ言えばこう言うライルの態度に苛立ったのか、クロードは一刀両断にする。

「だが、戦争などせずとも、おまえを殺して珪を奪うのは容易《たやす》い」

クロードは右手を前に突き出したため、ライルは珪を背後に押しやった。反射的ともいえるほどの速さに、珪の足許が乱れた。

この期《ご》に及んでも、彼は自分を庇っている。

「ッ」

ライルが眉を顰め、自分の胸のあたりをはっと押さえる。クロードを狙っていた拳銃の銃口が、とうとうあさっての方向を向いた。

「クロード、てめえ……」

「生きのいい心臓だな。私の手の中で震えている……」

どことなく陶然《とうぜん》と呟き、クロードは微笑する。

いったい、何が起きているのだろう？

「まだおまえの輪郭に触れただけだ。だが、このまま抜き取るのは容易い」

「な…んだと……」

「当然のことながら、人は心臓を奪われれば死ぬ」

はっとした珪がライルの顔を見上げると、その額には既にびっしりと脂汗《あぶらあせ》が浮かんでいる。

「手癖の悪い奴だな」

「盗まれてから言え」

クロードがライルの胸に手を軽く押し当てたと思った刹那《せつな》、それが、肉の中にぐっと沈んだ。

異常な光景だった。

軍服を破ることもなく、男の躰の中に他者の腕が入り込んだのだ。

これぞまさに、魔術だ。

しかも相当たちが悪い類《たぐい》のものなのは、この場を支配する異様な気配からわかった。

「……！」

彼の口から、圧《お》し殺した悲鳴が漏《も》れる。

「ライル！」

耐えかねた珪のほうが、悲鳴を上げた。

「魔術は初めてか？　折角だから、時間をかけて見せてやろう——この男を屠《ほふ》るところを」

「やめてください！」

「ならば私とともに来るか、珪」

クロードの台詞を聞いた刹那、ライルが珪の顔を見つめた。

苦しげではあるが、その目からは意思の光は消え失せていない。

「生きがいいな、この心臓は。意思だけで私の力に抗《あらが》う。だが、それも時間の問題だ」

再び彼の唇から、苦痛ゆえの悲鳴が上がった。

ライルの顔色が、どす黒いものになっていく。

「ライル！」

「さあ、おまえが選べ」

だめだ。このままでは、ライルは死んでしまう。心臓を抜き取られて生きていられる人間なんて、絶対にいない。

嫌だ、そんなのは。

いつだって彼は、自分を守ってくれた。いつも庇って……海から拾った得体の知れない珪を大切にしてくれた。

だから。

意を決した珪は両手に力を込め、ライルを突き放す。

彼の腕からは意外にも簡単に抜け出すことができ、珪は真っ直ぐに船の縁《へり》へ向かった。

「……待て！」

一拍遅れてクロードが声を張り上げたものの、待つつもりはない。

先ほど砲弾が落ちた付近は、手摺りやら何やらが壊れている。

躊躇いはなかった。

これ以上誰かを困らせるなら、ライルを苦しめるなら、死んだほうがましだ……！

「珪！」

痛苦の余韻か、嗄《か》れた調子で、ライルが声を張り上げる。

同時に目を閉じた珪は、海に向かってその身を躍らせた。

これでいい。

海面にたたきつけられて、ばらばらになって一瞬で死ねたら、楽だ。

南無阿弥陀仏でいいのだろうか、この場合。

さすがに悪運もここで尽きるだろう……目をぎゅっと閉じたそのとき、珪の躰がふわりと浮いた。

——え？

「嘘……」

先ほどクロードが降下してきたときと、同じだ。

自分の周りだけ濃密な空気が張り詰めているようだ。

「これ、魔術……？」

そんな中、まるで風に持ち上げられるようにして、珪は甲板に押し戻されていく。

甲板に足が着いた瞬間、自分を包んでいたものが消え失せるのが気配でわかった。

クロードはむっつりとした顔で珪を睨む。

「馬鹿！」

走ってきたライルが、珪を唐突に掻き抱いた。

クロードが珪を救うために別の魔術を使い、代わりにライルの心臓を抜き取るのを断念したのだろう。

「馬鹿野郎、別の意味で心臓が止まりかけたぞ！」

公衆の面前でライルに文句を言われ、珪は「だって……」と口籠もる。

「折角ここまで守ったのに、おまえが自殺してどうすんだよ」

「…………」

「争いを厭《いと》うあまり、飛び降りようとするとは剛毅《ごうき》だな。やはり義一の息子ということか」

クロードの台詞に、珪は顔を上げる。金色の目をした青年は口許を酷薄に歪め、珪を見つめた。

「その愚かさ、面白い。とても欲しくなった。閣下の手土産にもちょうどいい」

またライルに醜い真似をするのかと、珪は身を強張らせた。

「——その閣下からの電報を読んで差し上げましょうか」

不意に第三者の声が響き、クロードはそちらを顧《かえり》みる。ライルと同じように軍服に身を包んだルカが、眼鏡のブリッジをくっと押し上げた。

「ルカ……壮健なようだな」

「おかげさまで、クロード様」

ルカは丁重に一礼し、クロードを守る英兵たちのあいだをすり抜けるようにして彼に近づいていく。副長だけにルカの制服はやはりライルと同じく壮麗で、その白い軍服に黒髪がよく映えていた。

「ところで閣下の電報とは、らしくもないはったりだな。卑怯《ひきょう》な手を使う連中だと聞いているが、おまえも随分程度が落ちたものだ」

滔々《とうとう》と流れるような英語は美しい発音だが、同時に辛辣《しんらつ》だ。

「残念ながら、本当です。人様宛の暗号文を盗み見るなど、手癖の悪い真似をして申し訳ありません」

慇懃無礼《いんぎんぶれい》な物言いに、クロードの表情に動揺の影が兆した。

「——まさか、おまえ……あの方の暗号を読めるのか」

「ええ」

微かにルカは唇の端を上げ、笑みを作る。そして、タイプされた電報の紙を両手で恭《うやうや》しく差し出した。今日は白い手袋に替えているが、それがまたよく似合っている。

「…………」

訝しげな顔つきで手紙を広げたクロードは文面を一瞥し、そして次の瞬間には、怒りに堪えぬ様子でそれを握りつぶした。

「馬鹿な……」

「おい、何て書いてあったんだ？」

ライルが好奇心を剝《む》き出しにして問うたので、クロードの代わりにルカが「米英が同盟を結ぶべく会談中だとか」と答える。

「何だって⁉」

これまで率先して争い、犬猿の仲だった米英が、交渉のテーブルに着いた。

それだけでも信じ難いほどに大きなニュースなうえに、同盟まで検討するとは。

「当然のことながら会談中に戦闘行為などすれば、交渉は決裂しかねない。国に帰ってあなたと魔術省がどうなるか——考えるまでもないでしょう」

「…………」

先ほどまで余裕を見せつけていたクロードの顔が強張り、わずかながらに蒼褪《あおざ》める。

米英の協調政策の話題は船内でもたまに出ていたが、世間話の一つにすぎない。こうして自分たちの人生に直結する出来事になるとは、毛も思ってもみなかった。

「ロード・プロフォンドゥムの御所望の猿は、ご用意はできましたか？」

ルカの慇懃な口調がかえってクロードを追い詰めるのか、彼はむっとしたようにルカを睨んだ。

「クロード様が偽物だとお思いになるのなら、戦うのも辞しません」

「――いや。手土産の話が出たとき、あの方は我が結界の中にいた。魔術を使ったところで会話は盗み聞きできぬ」

クロードは悔しげな口調で断言し、そしてルカを睨んだ。

「おまえは嫌な男になったな、ルカ」

「お褒めに与《あずか》って光栄です」

ルカはにこやかに笑い、だめ押しのように尋ねた。

「さて、お帰り願いましょう。あの飛行艇を呼び戻していただけますか。それとも我々の救命ボートをお貸ししますか？」

英艦隊を追い払うのに成功したリベルタリアは、砲撃を受けた部分の補修のため、近隣の港であるカリカルに立ち寄ることになった。損壊はそこまで酷くはないものの、手摺りが壊れていては事故になる可能性もある。また、茶葉が湿気《しっけ》ては困るので様子を見たいという、念には念を入れるルカの方針どおりだった。

一同は航海を再開する前に再上陸できたのを、心底喜んでいる様子だ。

おまけにカリカルはもともと仏蘭西《フランス》系の植民地だったので、食事も美味しい店に事欠かないらしい。

ライルの計らいで彼らは酒場を貸し切り、盛大な酒宴が催されている真っ最中だ。

当然皆は軍服を脱ぎ捨て、気軽な格好で集結している。彼らが軍人だと言われても、冗談だと思われるのがおちだろう。

「いやあ、また陸に戻れてよかったぜ。あの駆逐艦を見たときは、どうなるかと思ったよ」

隣席のマルコがしみじみ言うので、珪は怪訝そうに首を傾げた。

「だって皆さん、船乗りでしょう。それでも海より陸のほうが好きなんですか？」

「陸にいるときは海に行きたくてたまらないんだがな。一度海に出ると、陸に戻りたくて仕方なくなる。船乗りってのは因果なもんだよ」

そうなのか、と珪は納得顔で頷く。酒を飲めない珪は新鮮な果汁を搾《しぼ》ったジュースを選んだが、十二分に美味しい。

「にしても、おまえが魔術省から逃げてるなら、最初に言やあよかったんだ」

ビールをジョッキになみなみと注ぎ、マルコがぼやいた。

「そうだよ！」

会話に加わってきたのは、ジョシュだった。

「すみません。皆さんが傭兵だって知らなくて……」

「まあ、一応は秘密でな。偽装巡洋艦ではないかって言われてるけど、さすがに正式に認めたことはないんだ」

今日は貸し切りで聞き耳を立てるものもいないとあって、マルコの舌はやけに滑《なめ》らかだ。

「もともとは私兵なんですか？」

「私兵っていうより、仕方なく海賊退治をしてたってところだ。船長のところは貿易を家業にしてるんだ。それで腕っ節を見込まれて、海賊の残党をことごとくやっつけた。その噂が海軍の耳に入ったんだよ。うちの船長はあのとおりで、海賊から取り返したお宝は、きちんと被害者に返してたしな」

「すごいんですね」

「今は残り少ない海賊退治と、情報収集が主な任務だ。貿易は目くらまし兼副業だな」

何げなしに視線を向けると、少し離れたところで一人で飲んでいるライルのテーブルはこの酒場の給仕女やら娼婦やらが鈴なりで、ライルを存分にもてなしているらしい。

その光景を目にすると、ちくりと胸が痛んだ。

――なんだろう、これ。

ライルが綺麗な女の人に囲まれてるだけで、こんなに胸が痛くなるなんて。まるで鋭い針で四六時中突《つつ》かれているみたいに、痛い。

「どうした？　刺激が強すぎるか？」

からかうようなマルコの言葉に、珪は「ええ」と素直に首を縦に振った。

やっぱり、直視できない。ライルのあんなところを見ていられない。

でれでれしているのがみっともなくて、嫌だ。それをみっともないと思う自分が、その何十倍も嫌だ。

「まあな、おまえが船長に男惚れしちまう気持ちはわかる」

「え、マルコさん、わかるんですか」

ジョシュがぎょっとしたような顔になり、マルコを見やる。

「あんなに殴られたのに？」

「いや、珪の立場になればって話だ。一度懐に入れた相手は命がけで守るなんて、嬉しいじゃないか」

「それは女性に限るんじゃないですか？」

彼らが珪を置き去りにして喧々諤々《けんけんがくがく》の論議を始めたので、珪は取り残された気分でその光景を眺める。

自分で自分の気持ちがわからない。

あのとき、ライルが苦しむのを絶対に見たくないと思ってしまった。

嵐の原因と誤解されて海に投げ込まれかけたときは、男だとばらしてまで抵抗したのに。

なのに、昨日は違った。

ライルを失いたくなかった。苦しめたくなかった。死なせたくなかった。

それゆえに、父親のことも脳裏から吹き飛んでしまって。

そこまでの強い感情が輪郭を持ち、徐々に姿を現してきている。

……だめだってば。

彼らの他愛がない言葉に引き摺られて、本気になってこの感情を解析し始めたら、たぶん、珪の負けだ。

ライルに惹きつけられてしまって、離れられなくなる。

もう一度さりげなく視線を巡らせると、ライルの姿は忽然《こつぜん》と消えている。美女たちの姿もなく、どうしていなくなったのかは考えるまでもない。

どんなに真剣に珪を守ってくれたとしても、からかってキスしたとしても、人魚姫だのなんだのと言ったとしても。

ライルは健全な男性で、好きになる相手は異性だ。

珪が入り込む余地なんて、どこにもないのだ。

その頃、英軍の巡視船でマダガスカルに向かっていたクロードは船室で紅茶を飲んでいた。できるだけ丁寧に淹《い》れさせたのだが、やはり口に合わない。

水が合わないのだろう。

苛々《いらいら》しながら思い出すのは、アンブローズの電信だった。

『クロードには悪いけど、新世界と会談することになったよ。機関《エンジン》の開発を制限する案も出そうだよ。神的機関《ディヴァイン・エンジン》の話は新世界に知られたくないし、ひとまず捜索は打ち切るように』

そのうえで、『猿も忘れずにね。マダガスカルのがいいな』とのメッセージが添えられていたので、腹立たしさは倍増した。

――この私に、マダガスカルまで猿の捕獲に行けと？

米英の会談自体は、想定外というほどのこともなかった。

そして、機関の進化を制限する話が出たのも、あながちおかしいことではない。

今は石炭を使った蒸気機関が主流だが、もっと効率がよいエネルギーを求めて人々は競っている。その過程で廃坑になった採掘地も増え、人々は自分たちの使っているエネルギーが

◇　◇　◇

有限ではないかと疑いだしている。

それゆえに魔術を使った機関は有益だし、開発に成功したら莫大な利益を生むだろう。その秘密を保持するために、本当は珪を捕まえて口止めしたかったのだが、最優先の事項が戦争の回避であるのならば仕方がない。

……まあ、いいだろう。一つ貸しだ。

それにしてもルカも堂々とクロードと渡り合うとは、大した成長ぶりだ。

左手を盗んで切り取ってやったときは、呆然としていたくせに。

彼の左手はまだ屋敷にあると言えば、ルカはどんな顔をするだろう?

あれのおかげで世界中どこにいても、ルカの居場所くらいわかる。

二人はまだ繋《つな》がっているのだと。

8

窓から入り込んだ朝陽は未だに仄《ほの》かで、一足早く起きだした珪《けい》は伸びをする。飲んだくれた船員たちは酔いつぶれて船に戻るなり寝てしまうか、あるいは娼館にしけ込むかのどちらかだった。

欠伸をした珪は、あたりを素早く見回す。起きている船員がいないのを確認すると、そっと立ち上がって着替えを済ませる。それから、ドアをくぐり抜けて静かに外に出た。

潮の匂いが港には立ち込めている。

この先は、一人で行くつもりだった。

幸い印度には貿易港はいくつもあり、ここカリカルからも多くの船が出ている。いざとなれば汽車でカルカッタに行き、そこでまた英国行きの船に乗ってもいい。

問題は金だが、ここ一か月ですっかり度胸がついた。

なせばなる、だ。何とか稼ぐのは、珪にもできるはずだ。

リベルタリア号の損傷はそこまで酷くはなかったが、もとはと言えば、この船と無関係の珪を助けるために払った犠牲だ。今回は上手く話がまとまったものの、気が変わったクロードに何度でも追われるかもしれない。だとすれば、ライルたちから離れるべきなのだ。

持ってくるわけにはいかないので、着物はルカにあげるとの書き置きを残した。鈴山《すずやま》には、どこかで送金して弁償しよう。

ライルがここで買ってくれた新しい服と靴に身を包んでいると、鼻の奥がつんとする。彼のことを思い出すと、辛くてたまらない。

足早に表通りに出た珪は、人待ち顔で街路樹に寄りかかる男と行き合った。

「よう」

「ライル……」

「早いな、珪」

彼は上着を脱いで指先で肩に引っかけている。まだ髭《ひげ》を剃《そ》っていないので、無精髭《ぶしょうひげ》が目立っていてそれが男らしかった。

逃亡現場を押さえられて衝撃を受けた珪は、まさに言葉もない。

口をぱくぱくさせていると、ライルは「おまえのすることはお見通しだよ」と笑って、近づいてきた。

これはもう癖になっているのか、珪の頭をぽんと叩く。

そんな軽い仕種にさえ、胸が痛くなる。

「どうしたんだよ、珪。何も言わないで出ていくなんて、水くさい」

「……僕は」

「ん？」

金髪を煌《きら》めかせながら、ライルがのんびりと聞き返す。

「僕は、あなたの船で何もできないんです。ノエだって仕事はあるのに、僕には何もない」

思い詰めていたせいもあるし、後ろめたいという理由もある。どちらにしても糾弾されるべき立場なので、つい、早口になってしまう。

「そりゃ、ノエは前の船でも立派な見習いだったみたいだしな。できる仕事はたくさんある。いくらなんでもあいつとおまえを比べるのは、ノエに失礼だぞ」

ライルに理路整然と言われれば、ますます珪はいたたまれなくなる。

自分の惨めさは珪自身のせいだ。他人と比べて相手を貶《おとし》めるのは、失礼に当たった。

「まあ、それはいいさ。で？　おまえは何もできないせいで、出ていくのか？」

嘘をついても惨めさは増しそうで、珪は正直になることにした。

「――途中であなたを疑ったんです。本当はあなたは、僕を賞金首だって知っていてどこかで突き出すのかもしれないって」

「それは仕方ないな。船を偽装していたのは俺たちのほうだ。任務上、部外者には俺たちの素性《ひとく》を秘匿しなけりゃいけない方針だ」

ライルが素直に非を認めたものの、珪にだって悪かったところはいくつもあるのだ。

「今回だって、あなたの船を傷つけてしまった。役に立たないし、船はだめにするし……一緒に旅する資格なんてありません」

「だからって弁償もしないつもりか？」

軽口に混ぜたライルの言葉に、珪はどきりとした。

考えなかったわけでは、ない。むしろ、どうすれば償《つぐな》えるか考えたけれど、財産も何もない珪にはどうしようもなかったのだ。

「すみません。でも、逃げないと……いずれ、あの人たちがもっと酷いことをするかもしれないでしょう。あなたをあんな目に遭わせたのに」

それもまた、本心だった。

「そうだな。確かに、魔術省の連中はかなりしつこい。おまえの父親が手がけているものの重要性を考えれば、このままじゃ済まさないだろう」

それに、自分が怖かったのだ。

このままライルと一緒にいると、彼がどんどん大事になってしまって。父親よりもライルを優先してしまいそうで、そんな自分が恐ろしかった。

まるで、自分が得体の知れないものになってしまったみたいで。

いくつもの理由が積み重なった末に、珪は最善の選択をしたつもりだ。

「もう、もとの世界に戻らないつもりか」

「戻ったら戻ったで、周りの人に迷惑をかけてしまいます」

学校にだって、もう二度と帰れない。それは淋しいけれど、仲のよい級友たちを窮地に陥れるような出来事があれば、悔やんでも悔やみきれないはずだ。

それは珪の我が儘と言えば、きっとそれまでだ。

「それがおまえの結論なんだな」

「……はい」

ライルはわざとらしく、大きく肩を竦めてみせた。

「日本人っていうのは、つくづくおくゆかしい。それに自虐的だ。もっと図々《ずうずう》しくなればいいのに」

「図々しく？」

意図を摑みかねた珪が問い返すと、ライルは「そうだ」と頷く。

「どうせなら、俺を利用させてもらおうとか思わないのか？」

「そんなこと考えられません！」

珪は思わず声を張り上げたあとで、はっとして自分の口許を両手で押さえる。

そうでなくとも宵っ張りの住人が多いのに、これでは近隣の住人をたたき起こしてしまう。

「あなたを利用なんて、絶対にできないです」

力強く断言すると、ライルは「そうか」とすこぶる嬉しそうな顔になり、珪の頬に手を添えて上を向かせた。

その蒼い瞳で自分を見つめるのは、反則だ。

目を逸らせなくなる。瞬《まばた》きをするのも、嫌になるから。

「だったら、あれでいいだろ。解決法はある」

「あれ？」

「船長の愛人。本当になっちまえよ」

「………」

珪はぽかんとした。

「僕、何もできないってさっき言いましたよね」

「わかってる。でも、愛人業務はまだ試してないだろ？」

試すも何も、そんなことをしたら船員の反発はとんでもない大きさになるはずだ。

「それこそみんなに海に突き落とされます」

「愛人兼、事務員でどうだ？」

「勝手に役職をでっち上げたら、ルカに怒られますよ」

「おまえ、ルカのことをよくわかってるな」

ライルは感心したように口笛を吹いたあとに、迅速に軌道を修正した。

「海の上にいる限り、ある程度は逃げられる。特にリベルタリアが偽装巡洋艦なのはこれでばれたからな。俺の船にいる限り、おまえは新世界の軍に庇護《ひご》されていることになる。そう簡単に魔術省も手を出せないさ」

そんなふうに説得される理由がわからずに、珪は首を傾げた。

「ルカだって、このところ補佐を欲しがってた。一人優秀なやつが増えれば、有り難い」

「あの、それってどういう意味ですか？」

「要するに……口説いてるんだ。わからないのか」

珪はぽかんとして、目を丸くした。

「口説く？　どうして？」

なんだかものすごい発言をされているような気が、する。

「日本語では、『一目惚れ』って言うんだろう？　最初から、俺の人魚姫を見つけたって思ってたんだ」

その言葉に珪は、初めて会ったときのライルの台詞を朧気《おぼろげ》ながら思い出す。

あのとき以来、ライルの心は珪に向かって傾いていたのだろうか？

「言っておくけどな、おまえはリベルタリア号に押しかけてきたわけでも何でもない。俺がおまえを勝手に拾ったんだ。だから、船にいることで、おまえが肩身の狭い思いをする必要はまるっきりない」

断言されるのは嬉しいけれど、珪にも言い分がある。

「だいたい、愛人って僕の意思はどうなるんです？」

「ん？　今提案したとき、まんざらでもなさそうだったろ。おまえ、俺が嫌いなのか？」

「まさか！」

強く言い切ってしまってから、珪は反射的に口を噤んだ。

「な、咄嗟に本心が出るじゃないか」

「う……」

どうしよう。これが自分の本心なのだろうか。

このところ考えるべき課題が多すぎて、きちんと向き合えていなかったけれど。

「珪。おまえは俺のこと、嫌いか？」

「………」

「何とも思ってない相手のために、命を投げ出そうとするのか？」

畳みかけられてしまうと、もう、自分でもどうすればいいのか理解できなかった。

「あれは、自分のためです」

「少なくともクロードはおまえを殺したりしないよ。おまえの父親を呼び出す餌だ。丁重に扱ってくれるってのはわかってただろ？」

「――何ともなんて……そんなわけ、ない」

珪は消え入りそうな声で答えた。

「あなたは優しくて……男らしくて……」

そしてどんなときでも、常に珪を守ってくれた。今だって、珪のための最上の方法を見つけようとしてくれる。

ライルは男だけど、彼の向けてくれた誠意の前には、男女の別なんてどうでもいい話だった。

それゆえに、惹かれてしまうのだ。

ライルの存在で、どんどん心が占められていく。

自分でも困惑するくらいに、凄まじい速度で彼に傾倒していく。

「でも、わからないんです。こんなの、初めてで」

続きを口に出せなくなり、それきり口籠もってしまう。

「なら、話が早い」

ライルはにやりと笑って、珪の肩を抱き寄せる。

「あっ！」

びくっと身を竦ませた珪に頓着せずに、ライルは得意顔で頷いた。

「聞いてればわかるよ。おまえは俺を好きって意味だ。それもたぶん、初恋だな。自覚が遅いのはそのせいだ」

「は…」

断言された珪は、文字どおり耳まで赤くなる。

初恋？

そんなふうに決めつけられたら、納得してしまいそうになる。

ヴィオレッタのことで焼き餅を焼いたり、昨日の酌婦に囲まれるライルを見て落ち込んでしまったりした、その理由に。

さっきライルも言っていたじゃないか。

どうでもいい相手のために命を捨てるのかと。

そんなはずがない。

あのときの無意識の行動に、自分の思いがすべて表れていたのだ。

黙り込んだ珪を見て、ライルはにやりと笑った。

「漸く自覚できたみたいだな」

「………………」

答えられない。

「俺はおまえに逃げられるのは、御免だ。うじうじ悩まれて、投身自殺されるのもな」

自覚してしまった感情の正体に呆然とする珪の腕を摑み、ライルはそう宣告する。

「それにおまえは自分で思ってるよりずっと魅力的なんだ。誰かに攫われる前に、俺のものにしておきたい」

そのまま、珪の腕を引いたライルがずかずかと歩きだす。

ほぼ引きずられるかたちになり、足が縺れて転びそうになる。

「ちょっと、ライル！」

「いいから、ついてこい。既成事実を作れば、おまえだって逃げないだろ？」

「だけど！」

「既成事実が何かも知らないくせに？」

からかうように言ってのけたライルは、足を止めてくれなかった。

「ライル……ちょっと……」

「ここがいいな」

ライルの目的地は、ありふれた宿屋だった。

朝早くたたき起こされた宿屋のあるじは迷惑そうな顔になったが、ライルの差し出した金貨に目の色が変わり、手際よく湯やら何やらを用意してくれた。

「あの、何するんですか？」

「おまえを愛人にするって言った。それを実行するんだ」

不審げな珪を寝台に座らせ、ライルは苦笑する。

「日本にもそういう店があるだろ？　ヨシワラとか何とか、昔ルカが言ってたぞ」

「！」

吉原の知識くらいあるし、既にそういうところに出入りする上級生もいた。そのためライルが何をしようとしているのかがわかり、珪はこれ以上ないほどに赤くなった。

「要は連れ込みだな。娼婦としけ込むんだ」

時々珪にはわからない単語が入り混じって、「待ってください」と止める。

「本気で、僕でいいんですか？」

珪が思い切り話を前に戻すと、ライルは呆れ顔になった。

「おまえがいいんだ。おまえは、俺じゃ嫌なのか？」

「……いえ」

こればかりは否定しておかなくてはいけないので、珪は小声で回答する。

「うぶなのも可愛いけどな。そろそろ、はっきりしろよ。俺はふられるのは嫌いなんだ。一度ふられた相手の尻を追っかけるような真似もしたくない。嫌なら嫌ってちゃんと言え」

「それって、脅してるんですか？」

「いや、おまえの退路を断ってるんだ」

「な」

つまりそれは、ここで珪が拒めば、もう二度とライルとの関係は修復されないということか。

そんなふうに追い詰めるなんて、初心者に向かって卑怯すぎる。

「本気で嫌なら、キスなんてさせないだろ」

だめ押しのように言われて、珪は「そうですけど」と歯切れ悪く口中で呟く。

「日本人がお堅いっていうのは、本当なんだな。それともおまえが特別なのか？」

「し、仕方ないでしょう。誰かを好きになったことは、ないし……こういうのも初めてだし！　一度にいろいろ言われたら、困るに決まってます！」

必死になった珪が声を張り上げると、途端にライルは目許を和ませる。

「おまえは運がいいな」

「どうしてですか？」

「初めて好きになった相手と結ばれるなんて、滅多にない話だ」

そうかもしれないけれど、あまりにも不遜《ふそん》な言いぐさだ。

「ライルって本当に……」

「ん？」

「自信家ですね」

そう自分で言った途端に、なぜかおかしくなってきて笑いがこみ上げてくる。

正直に言えば、自分で自分が信じられない。

一月前までは夏休みを楽しみにしている高校生だった。それが、船の難破に巻き込まれてこうして見知らぬアメリカ人に拾われて、あっという間に恋に落ちて、両思いになるなんて。

三文小説もびっくりするような展開だった。

だけど、わかったこともある。

恋をするのに、相手の背景なんて何も知らなくていいのだ。

たった一つ、その人を好きか嫌いか——その気持ちがすべてだ。

「僕があなたに流されてるって思わないんですか？」

「思わないさ。これも運命、神の采配《さいはい》だ」

強気で言い切られると、これ以上反論はできない。

「もういいだろ、珪。おまえに逃げ道なんてないんだ」

言葉と裏腹に優しく頭を撫でられて、珪は小さく首を竦ませる。

「怖いか？」

「今は、まだ……平気です」

まるで、ライルがずるいやり方で珪を追い詰めたような言い方をするけれど、本当は違う。

ライルは珪に己の気持ちを自覚するよう促しているだけだ。

それなら、もう逃げない。覚悟を決めた珪は深呼吸をしてから、口を開く。

「——言っておくけど、僕は退路を断たれたわけじゃないです」

観念した珪は静かに言って、ライルを見上げた。

「僕が望んでここにいる。あなたとここに留まったんです」

「簡潔に言ってくれ」

言質《げんち》を取ろうとしているのか本気でそう思っているのか、ライルは少し意地悪だった。

「要は、僕が、あなたのことを好きだからです」

そうだ。

ちゃんと言えるじゃないか。

ライルが、好きだって。もうどうしようもないくらいに、好きになっていたって。


折角姫君をものにするのだから、と髭を剃ったライルは、明らかに小ざっぱりした風体だ。改めて珪の前に跪《ひざまず》き、ライルはブーツと靴下を脱がせてくれる。彼は珪の白い足首を摑むと、もうすっかりぬるくなった湯に足を浸した。それにどんな意味があるのかわからなかったが、経験がない以上はライルに委《ゆだ》ねるほかない。

「っ」

「ん？　どうした？」

「ううん、くすぐったくて」

珪が目を細めると、ライルは「そうか」と目を細めて笑う。こうして彼を見下ろすのは新

鮮で、頭の天辺にあるつむじが可愛いと思えた。

指と指のあいだ、足の甲、かかと、足首。

少しずつお湯をかけて洗われるたびに、珪は身を竦ませてくすぐったいと抗議した。

「改めて見ると華奢《きゃしゃ》だなあ、おまえ」

「そ、そうですか？」

「うん。すべすべで白くて、体毛が薄い」

男らしくないと言われているようでちょっと悔しかったが、珪はまだ成長途中なのだし、そのあたりは仕方がない。ズボンをたくし上げたライルは、珪の膝頭にくちづけた。

「え！」

驚きに声が跳ね上がる。くすぐったいとかそういう問題ではなく、そんな真似をされたのは初めてだったせいだ。

「何で、膝……？」

「やっぱりおまえが人魚姫じゃなくて、安心した」

からかうような声音と共に、肉のついていない膝小僧をまた囓られる。

「綺麗な脚だ」

人魚姫かどうか確かめるなら、膝じゃなくてもっと別の部分じゃないのか？

心の中でそう思うけれども、頭にかっと血が上っているみたいで英語が出てこない。口の中に押し込めた言葉のせいか、どんどん体温が上がって汗ばんでいく。

「珪、怖いか？」

「ううん」

「だって、ふくらはぎにがちがちに力が入ってるぞ」

「そんなこと、ないです。ちょっと暑くて」

珪が素直に答えると、ライルは「よかった」と笑った。そして腕に力を込めて、珪の躰をそのまま寝台に押し倒した。

「ライル！」

服を脱ぐ時間くらい欲しいのに、ライルの仕掛けてくる行為はさっきから突拍子もなくて、珪にはついていけなかった。

「おまえの黒真珠っていうコードネーム、ぴったりだな」

「え、そうですか？　どのあたりが？」

黒真珠なんて仰々《ぎょうぎょう》しくて面映《おもは》ゆいばかりだ。

「その目……とても綺麗で、澄んでいて、よく光る」

背筋を伸ばしたライルが間近で囁いたので恥ずかしくなって目を閉じると、顔を近寄せた彼が瞼《まぶた》にくちづけてくる。

なんだかとても中途半端な格好をしているのに、なかなか先に進まない。

焦《じ》れったくなったのは、珪のほうだった。

「ずっとこのままなんですか？」

「いや？　おまえが可愛いんで、鑑賞しようかと」

「でも、これじゃ……恥ずかしいです」

ベッドに組み敷かれたままの珪が、羞《は》じらいに目を伏せつつもそう訴える。

「そうか。もう脱がせていいのか？」

尋ねながら、ライルが珪の心臓のあたりに手を置いた。

「！」

びくっと身を竦ませた珪が上目遣いにライルを見やると、彼ははにかんだように笑った。

「どきどきしてるんじゃないかと思ってさ」

「わかるんですか？」

シャツの上からなのに、この凄まじい緊張感が通じているんだろうか。

「わかるよ。俺もだいぶ緊張してる」

「心臓、抜き取られたんじゃないんですか？」

「クロードにはやらないよ。俺の心臓はおまえにやったんだ」

真顔で言ったライルが珪の腕を取ると、手の甲に羽で撫でるような淡い接吻《せっぷん》を落とす。

「やっとおまえが手に入ったんだし、じっくり裸にしたいんだ」

「どうせ初日に見たんでしょう?」

あのとき着物と袴を脱がせてくれたのは、どう考えてもライルのはずだ。

「一応、見てないよ」

「本当ですか?」

「ああ。よけいなことをすると、ルカに殺されそうだったし」

笑いながら言ったライルがさりげなく珪のベストを取り、シャツを脱がせる。シャツは麻だったが、それでやっとだいぶ涼しくなった。珪のゴーグルを外すと汗ばんでいる首に顔を擦りつけ、ライルは「汗の匂いがする」と呟く。

「汗くらい掻きます」

「それはわかる。だけど、東洋人はそんなに匂いがしない。それとも、おまえだからなのか?」

感心した調子で呟いたライルが、全裸になった珪の首に軽く噛みついた。

「あっ!」

「ちゃんと俺の印をつけておかないと」

まるでライオンが甘噛みするように、首のあたりを何度も囓られる。彼の犬歯がやわらかな皮膚に当たって痛いが、慣れてしまえば悲鳴を上げるほどではない。

ただ、舌先が皮膚にちろちろと触れるたびに、なんだかむずがゆいみたいな妙な感覚がするだけで。

ぎゅっと目を閉じて震えているのに心を留め、ふっとライルが珪から身を離した。

「悪い、珪。怖いか……？」

「少し」

ここに引っ張り込まれたときから、いや、彼と一緒に来たときから、覚悟は決まっていた。だけど、これは自分の人生でまったく想定していなかったイレギュラーな事態だ。

やっぱり、怖い。

「俺がおまえを怖がらせてるんだな。どうすれば、怖くなくなる？」

「わかんない、です。僕、何もかも初めてで……」

「そりゃ、見てればわかるよ」

低く告げるライルの吐息が、首筋に触れる。

しどけなく横たわったとしても、ただ薄い肉付きの躰があるだけで、女性のようにふくよかで触り心地がいいわけでもない。

こんな自分を見て、ライルは本当に欲しいと思えるのだろうか。

「あまり怯えるな。おまえを虐《いじ》めたいわけじゃないんだ」

「それは、わかってます」

「よかった」

小さく笑ったライルが、珪の唇を軽く啄《ついば》む。そして、「可愛がるから、怖がらなくていい」

と告げた。

顎を起点に首までの線を舌で辿《たど》られて、ふわっとした感覚に躰が竦んだ。

「最初より、日焼けしたな」

「わかるんですか？」

「脱がせたときに見た」

「み、見てないって言ったくせに……」

抗議しようと思ったのに、胸の突起を軽く潰されたせいで声が乱れた。痛い。そこを押されると、胸の奥にまで痛みが走るみたいだ。

「ここ、どうだ？」

顔をしかめる珪に、ライルが真面目な表情で問う。珪は首を傾げて自分で左の乳首を潰してみたが、やはり痛かった。

「痛い、です」

「そうか……でも、今日はここも弄らせてくれ」

「ひぅ……ッ……」

膚に触れるだけで、珪の何がわかるのだろう。珪のどこまで入り込むことができるのだろう。その問いを発するまでもなく、ライルの肉厚な舌が小さな突起を捕《と》らえ、器用に転がしていく。

「ふ…ぁ…っ……」

唾液でぬめった右の乳首を前後左右に奔放《ほんぽう》に舌で擦られ、刮《こそ》げ取れるのではないかと心配になる。だが、そんな理性が働いたのも最初だけで、いつしか珪は躰の疼《うず》きにぼんやりと震えるだけになった。

「あうっ」

今度は左の乳首を軽く爪で引っ掻かれると、痛みと刺激に高い声が漏れる。先ほどからひっきりなしに弄られているせいで、そこはこりこりと凝《しこ》ってまるで自分のものとは違ってしまったかのようだ。

膨らみも何もない胸にこんなことをして、彼は愉《たの》しいのだろうか。困惑する珪の思考は、やがて濁ったものになっていく。

「ふ…っ……」

これ以上、こんなみっともない声を聞かせてはいられない。珪は自分の口で両手を塞ぐが、ライルに「だめだ」と禁じられてしまう。

「声も聞かせろよ」

自分を見つめる、その蒼い瞳。

甘い誘惑に、もう耐えられなかった。

「……でも…っ…」

気づけば全身に汗が滲んでおり、二つの突起は触られると痛いくらいに張り詰めている。

ライルは乳首を弄ることに飽きたのか、珪の下穿きを脱がせてそこを露《あらわ》にさせる。

既に半分兆したものが姿を現し、珪は羞恥《しゅうち》に真っ赤になって両手で自分の目許を隠した。

口を覆っていないせいか、今度は手を除《の》けられない。

ほっとしたのもつかの間だった。

「うあっ⁉」

何をされたのか……認識できなかったのも無理はない。ライルが下肢に顔を寄せて、珪の性器を舐《な》めたのだ。

快感よりも驚愕に躰が跳ね、慌ててライルが面《おもて》を上げる。

「馬鹿、噛んだらどうするんだよ」

信じられなかった。

「だって、嘘……うそっ……」

嘘じゃない。ライルが珪のものにくちづけ、まるで飴《あめ》でもしゃぶるように舌を這《は》わせている。小さい頃、千歳飴《ちとせあめ》をこんなふうに舐《ねぶ》ったことを思い出し、珪は真っ赤になった。

「ひ…、…やだ…や、はずかしい……」

そんなに力強く熱く舐められると、ふにゃふにゃと溶けてしまうのではないか。

「…はっあ…、あァッ……」

あそこがぬるぬるしているのが、ライルの唾液のせいか、それとも自分の躰から漏れた体液のせいなのか、その区別がつかなかった。

濡れて、熱くて、そんなところ汚いって思うのに、なのに……全身の熱と感覚がそこに集中して、躰中の毛穴から汗が噴き出す。

「ライル…っ…」

耐えかねた中で何とか彼の名前を呼ぶと、ライルがまたも行為を中断してくれる。

「ん？　怖いか？」

「平気……」

怖くはない。

ただ、珪には対処できないことの連続で、思考能力が完全に麻痺してしまっているのだ。

「悪い、少し休憩な」

「へ？」

舐めるのに疲れたのか、ライルは手指でそれを包み、扱《しご》くように上下に動かす。ぬちゅぬちゅという卑猥《ひわい》な音に、珪は頬を染める。

「溢れてくるな。よかった、おまえも感じてるのか」

言われるまでもなく、自分の肉体が反応しているのだという認識はある。こんなふうに人に弄られて感じてしまうなんて、恥ずかしくてみっともない、それ以上に、頭がぼうっとしている。躰の中心が疼いて、どうしようもない。

中途半端な浮遊感が、総身で渦を巻いている。

「もう、やだ…いや……っ」

先走りの雫《しずく》でねとねとになったところを弄り回されて、快楽を逸《そ》らされるばかりで涙が出てきた。

「達《い》きたいのか、珪」

「…達く…？」

「出したいかと聞いてるんだ」

半ば意味が取れないまでも、珪は無我夢中で頷いた。すぐにでも楽になれる方法をライルが提案していると感じたためだ。

「うん……」

そうでないと、ここが破裂してしまう気がする。それくらいに、苦しかった。

「よし」

満足げに頷いたライルが俯き、再びそれを吸い上げる。

「あ、あっ、……ああッ」

また、あたたかくてやわらかな口腔に包まれている。うずうずしたものが背筋から尾骨《びこつ》にかけてを這い回り、躰に力が入らない。

おかしい、こんなの、どうして……。

「だめ、やだ、変……や、やっ、やだ……ッ」

すべての感覚が下腹の一点に集中し、気づくと珪は腰を突き出すようにして大きく身を震わせ、そのままライルの口中に精を迸《ほとばし》らせていた。

息を弾ませたまま暫くぼんやりしていると、ライルが頭を撫でてくれる。すっかり汗で湿った髪をぐしゃぐしゃにされて、珪はやっと正気を取り戻した。

「ごめん、なさ…えっ？」

謝ろうとした珪の躰を裏返し、ライルは珪の尻に手をかける。

「あ、あの、ライル」

「じっとしてろ」

「うあっ」

普段は絶対に秘められている部分に指先で触れられて、珪は驚きに背筋を仰け反《のぞ》らせた。ぬめったものが肉と肉の狭間を何度か往復し、やがて狭隘《きょうあい》な入口をこじ開けるように入り込んでくる。

「な、何、それ……」

指だろうと思うが、気持ち悪い。自分の中に、何かが入ってくるという喩《たと》えようもない異物感。

「クリームだ」

ライルの指に塗られているのが変なものでないのにはほっとしたが、なぜこんなところを弄るのか。そんな疑問すら声にできず、珪は自然と息んでしまう。

「んっ……う、うっ……痛い…、いたい……」

「あんまり力入れるなよ」

「だ、だって……こんなの……」

緊張しきった珪を宥めるように、ライルは指で性器や袋をあやしてくる。経験のない珪には、彼の手指が与える刺激はまるで魔法のようで、すぐにそれに翻弄《ほんろう》された。漸く指一本の異物感に慣れてきたところで、彼は二本目を差し入れてくる。先ほどより解《ほぐ》れてきたのか、締めつけるような胸の痛みは退いていた。

「は、…ん、んっ……もう……」

信じ難い部位に指を受け容れ、直《じか》に襞《ひだ》を撫でられる感触に珪は身悶《みもだ》える。悶えること自体がおかしいと思うのに、どうすることもできないのだ。わけもわからず乱れているうちに、ライルの指が珪の中の一点を突いた。

「やっ！　いや、そこ……なに…ッ……」

どっと額に汗が滲み、雫が零《こぼ》れて目に入ってきた。痛くて、怖くて、目がかすむ。

おまけにライルの指がしつこく突いている場所は、あたかも急所のように珪を震えさせた。

「ここか?」

「なに、が…ひうっ……ひ、……」

そこを指で強く刺激されると、歯の根が合わなくなってかちかちと鳴る。それくらいに、そこに触れられるのは変だ。躰の中にある防水隔壁を、壊されてしまう。そこを破られたら、全身が一気に濡れてしまうような錯覚を抱く。

「やう…やだ……っ…」

かりかりと引っ掻くように刺激され、自《おの》ずと涎《よだれ》が溢れてきた。敷布に大きな染《し》みを作って初めて、珪は自分が唾液を呑《の》み込むのすら忘れて喘《あえ》いでいるのだと気づかされる。

「…だめ、そこ……やだよ……」

「珪?」

いつの間にか日本語で口走っていたようだが、もう、自分で制御できない。

「い、いや、やだ、やだ……気持ちいいの、やだっ……」

そうだ、これ……気持ちいいのか。

どうせライルにはわからないと思って、珪は枝のように全身を撓《しな》らせ、必死で日本語で言葉を吐き出した。吐き出さないと、変な感覚がぐるりととぐろを巻いて自分の中に居座るようで、怖かった。こんな感覚に支配されたら、まともに生きていけるわけがない。

「音楽みたいだな、おまえの声」

呟いたライルは、珪の弱点を執拗に責めてきた。

「こっちもか？　いい子だ。もっと言ってみろ」

「そこ……あ、あっ……！　だめ、触…な……でっ」

先ほどの比ではなかったが、顕著な刺激を感じる部分は体内のあちこちにあった。ライルは長い指を使って丁寧にその一つ一つを探り出し、どちらがよりいいのかを珪に答えさせた。嫌だと拒むと、「今度またしてやる」と平然と言う。覚えていられるわけがないのにと憎まれ口を叩きたくても言葉にならないし、ライルに「ここだろ」と一番感じる場所を押され、声も出ないほどの快感に震えるほかなかった。

「ひぅう、やだ、やっ、変…やだ、怖い……っ」

押し寄せる快感にとうとう泣きじゃくった珪は躰を離し、ライルがあやすように髪を撫でてくる。

「悪かった」

「も、もう…終わり、ですか？」

「いや。まだだ。もうちょっと我慢してくれ、珪」

「え？」

どういう意味なのかと戸惑う珪を見下ろし、ライルが自分のシャツの釦を外していく。

厚い胸板。日焼けした膚。そして、隆々とした肉体。

珪のものと全然違う男の肉体を見せつけられ、緊張に躰が竦んだ。

「悪いけど、俺が……つらいんだ。おまえが可愛すぎて」

少し顔をしかめたライルがそう訴えたので、珪の胸はずきりと痛んだ。

「暴走しそうって意味だよ。……悪い」

「悪くないです」

ライルの言葉の意味をすべて解せるわけではない。しかし、珪を気遣って彼が決定的な行為に出られないらしいと、うっすらと感じ取れた。

「して、ください」

「いいのか？」

「はい。どうすればいいんですか？」

「這ってみろ」

彼は改めて珪を四つん這いにさせると、その腰を己の手で支えた。

「——珪……」

まるでため息をつくように甘い調子で彼はそう囁き、十分に拡《ひろ》げられた珪の蕾《つぼみ》に己の欲望を押し当てる。

「……ッ！」

痛みのあまり、声が出てこなかった。

肉が捲《めく》れる。狭い道を作っている襞と襞で、それを押し潰してしまいそうだ。

「は、あ……あっ」

ライルが辛抱強くそこを解してくれたおかげで破れなかったようだが、それでも圧迫感に内臓が壊れそうだった。

「おっきい……何で……」

「大丈夫か？」

気遣うような彼の声が降ってきて、珪は目を固く瞑ったままがくがくと頷いた。

「よかった」

「ひゃうっ」

腰を引かれると、逆に今まで擦られていた部分を逆に毛羽立たせるかのようで、その動きが脳天まで一気に貫《つらぬ》いた。

痺《しび》れる。何、これ……わからない……。

「あう、ん…ん……ん…ッ……」

そうして声と共に体内に溜まったものを吐き出さないと、気が狂いそうだ。

気づけば顔は汗と涙と唾液でぐちゃぐちゃになっていて、男に尻を突き出したまま、珪はやわらかな枕に顔を埋めて啜《すす》り泣く。

「や、やだ、変……変だよ…っ……ライル……」

もう、これが日本語なのか英語なのかも、わからない。

「おまえの声、可愛すぎて……煽《あお》ってるようにしか見えないぞ」

掠れた声で、自分に覆い被さるライルが囁く。

「え……?」

煽るって、どういうことだ?

「できるだけ可愛がるから……怖がるんじゃない」

ライルが自分自身の欲望を抑えてくれているので怖くはなかったけれど、未知の体験はひたすらに珪を戸惑わせた。

ひとしきり泣きじゃくった珪が落ち着くのを見計らって、ライルがゆっくりと律動を始める。

「…あ、あっ」

爛《ただ》れたように熱い肉壁を擦りながら、彼は腰を前後に動かす。そのたびに陰茎が襞を捲り上げ、珪を微細で不可思議な感覚で満たした。

その狭い窄《すぼ》まりに男を迎え入れるだけで、それを味わう余裕など、まるでなかった。だが、先ほど暴かれた部分を虐められ、責められているうちに頭がぼんやりと麻痺してきて、珪は声を上げるほかなかった。

「く、うっ……はあ、あっあっ……ああんっ……」

「すごいな、珪……おまえ……」

嘆息するように彼は呟き、腫《は》れ上がるほど充血した襞をその欲望で抉《えぐ》る。

「きもち、いい……？」

気遣うような珪の声を聞き、ライルは「いいよ」と優しく答えた。

「好きな相手と、こうして……よくないと思うか？」

「嬉しい……」

「おまえは？」

「いい…気持ち、いい…っ…」

好きな人と一つになるということが、これほど気持ちいいことだとは知らなかった。苦しくてもつらくても痛くても、それでも我慢できるだろうと思えるほどに。

「……あ、あっ……ぁふっ…」

切なさと苦しさが同時に押し寄せてきて、珪は敷布に爪を立ててひたすらに泣いた。

「熱い、ライル……だめ、待って……」

幸福だった。

今までこんなふうに、他人に求められたことがあっただろうか。珪の存在を必要とされたことがあっただろうか……？

彼が腰を打ちつけるたびに、恥骨が双丘《そうきゅう》に当たって音を立てる。ベッドの軋《きし》みも二人分の荒い息遣いも、何もかもが一つの音楽のように思えた。

「珪」

珪との初めての行為を終えたライルが呼びかけると、珪が気怠い仕種で「ん？」と身を起こした。

「何ですか、ライル」

喘ぎすぎたせいで、珪の声はすっかり嗄れてしまっている。

「ごめんな。おまえの覚悟、決まってなかったんじゃないか？」

珪が可愛くて、手放したくなくて、つい、先走った行為に出てしまった。

我ながらそれを羞じているのだが、珪はそれを聞いておかしそうに笑う。

「今更言うことじゃ、ないです」

「そうだけどさ」

珪はこちらを振り返ると、手を伸ばしてライルの頬に触れる。そして、一語一語区切るようにしてはっきりと言い切った。

「あなたが、好きです」

反則だ。

そんなに真っ直ぐに言われると、心臓を撃ち抜かれるみたいだ。

「好きです、ライル」

「本当、か?」

「嘘をついても仕方ないです。日本人は貞節を重んじる民族なんですよ?」

「そうか」

ほっとしたところで、ライルは改めて珪の肢体をまじまじと凝視する。すべすべしているがどこかしっとりした膚といい、熱くてやわらかな内部といい、珪は特別なものでできているのではないかと思えるほどに、愛《いと》しかった。

「さっきのおまえ、すごく可愛かったよ」

思い出すたびに心が震える。だが、赤くなって布団を被る珪のうなじを見ているうちに、ライルは自分の躰が熱く疼くのを実感した。充足感で満腹になると思いきや、自分はまだ珪の華奢な肉体に欲情している。

つくづく、始末が悪い。

「……悪い、珪」

「な、何?」

「挿《い》れないから、ちょっと協力してくれ」

今度は正面から珪を押し倒すと、珪がびくりと身を震わせた。

「震えてる……怖いのか？」

「ううん……くすぐったい……何か、変で……」

「だろうな」

いよいよ自分の仮説が間違えていなかったことに満足し、ライルはにっと唇を歪める。

初めて触れたときから、珪は変な反応をすると思っていた。髪に触れただけでくすぐったいと言い出すし、他人に触られるのが嫌いなのかと懸念していた。

でも、こうして躰を繋げた今ならばわかる。

珪の躰は、おそらく他人の接触に人一倍敏感なのだ。

つまり、おそろしく感じやすい肉体の持ち主ということで、可愛がれば可愛がっただけ反応してくれる。

確かにライルは奔放で経験は多いし、男を抱くのも一度や二度ではない。だが、珪のように感じやすく順応しやすい肉体に触れたのは初めてだ。

少年とも青年とも言い難い端境《はざかい》のういういしさが残っているのに、躰はひどく感じやすく、男の手によっていくらでも変わる可能性を秘めている——最高じゃないか。

「本当におまえは可愛いよ、珪」

こんな素晴らしい宝物を手にしてしまった以上は、手放すつもりになんて絶対になれない。

ライルは身を屈めて、珪の腿《もも》と腿のあいだに自分の性器を捻《ね》じ込む。

「えっ」

二人の性器がぴたりと密着する羽目になり、珪は狼狽えたように口中で呻いた。

「挿れないって言ったろ？　でも、おまえが可愛くて……おさまりがつかない」

ライルは汗ばんだ髪を掻き上げて、珪の膝を摑んで軽く閉じさせた。

「こうやって締めていればいい。痛く、ないだろ」

「うん」

二人の性器を重ね合わせると、珪の体温が直に伝わってくるようだ。いや、先ほどより熱くなった気がするのは、自惚《うぬぼ》れだろうか。

そのまま腰を前後に動かして、珪の腿に自分のそれを擦りつける。すると彼は真っ赤になって、「やだ」と呻いた。

「……珪」

何とか動きを止めて、ライルは問う。

「何ですか？」

「さっきから気になってたんだが、『やだ』ってどういう意味だ？」

「………………」

それを聞いた珪が、困ったようにぎゅっと眉を顰めた。

「珪？」

「Ｎｏって意味です」

「……まさかおまえ、嫌だったのか？」

過敏なのは快楽を感じているせいだと思ったが、不快という意味もあり得るのか。

思わず珪から身を離そうとしたが、彼が反射的に腿に力を込めたので、ライルはそのまま動けなくなった。

「ち、違います！」

珪は真っ赤になって、目を伏せている。

長い睫毛が震えており、ライルはむっとした。

「だってＮｏなんだろ？　俺が相手の嫌がることを無理強《むりじ》いする男に見えるか？」

「そうじゃない……は、恥ずかしいんです」

「何が」

「……気持ちいいのが……」

消え入りそうな声で珪が訴えたので、ライルはぽかんとし、そして喩えようもない愛しさがこみ上げてくるのを感じた。

先ほどの仮説は間違っていなかったのだと、今度こそ完全に確信する。

「俺とこうして、気持ちいいのか？」

「……うん」

「こうやって挟んでるだけなのに?」

「いいです……ライルの熱いの、感じて……僕も熱くなるから……」

「それが反則なんだ」

珪の額に張りついた前髪を掻き分けると、神秘的なまでに深い色合いの黒い目がよく見える。今は潤んで濡れている目の奥底にある欲望の色を、間違えたりしない。

「挿れたくなるだろ」

耳許で囁くと、すぐに珪が「いいですよ」と短く答えた。

「やだって言うくせに?」

「き、気持ちよくて、変になりそうで、嫌なんです」

途端にしどろもどろになった珪が可愛くて、もう我慢できない。

「だったら、気持ちいいって言ってろよ。日本語でいい。それなら俺もわからないから、恥ずかしくないだろ?」

「ン」

頷いた珪の両脚を軽く持ち上げると、腫れたように赤くなってしまった部分に性器を宛がう。軽く力を入れただけなのに、珪のそこはすんなりとライルを呑み込んでいく。

慎み深いくせに快感を覚えてしまった肉体は、驚くほど淫《みだ》らで。

本当に、お手上げだ。

「珪、どうだ？」

自然と昂奮にライルの呼吸も荒くなり、全身に汗が滲んでいく。

「入ってくる……ライルの、熱い……」

日本語だった。

先ほどから珪の声には母国語が混じり、何を言っているのか理解すらできないのに、囀《さえず》るような旋律にライル自身も煽られる。

珪の声は色っぽくて、感じきっているとしか思えないせいだ。

「動くぞ」

珪が馴染むのを待っていられずに、ライルは腰を動かした。

珪の中は、熱い。まるで熱帯の洞《うろ》のようにそこは熱く蒸れている。ライルに食らいつくとそのまま離れず、どこまでも呑み込もうとする。さっきまで処女だったとは思えぬほどの貪《どん》婪《らん》さに、ライルは低く呻いた。

一方、珪は短く喘ぎながら忘我の境地で快感を貪《むさぼ》っているようだ。

ライルの首に腕を回しているものの、それに力は入っていない。

「ん、んぅ……いい、いい……ライルのきもちいい……」

何を言われているのかわからないのは残念だが、蕩《とろ》けきった顔つきで乱れる珪を見られるのは役得だ。喘ぎながら乱れる珪は顔立ちの幼さと相まってアンバランスな色香を放っていて、ライルをいっそう熱くする。

そのうえ、ライルの律動に合わせて襞が自然と収縮し、自分を食《は》む部位の喩えようもない欲深さを堪能《たんのう》する。

「珪……珪」

名前を呼びながら腰を激しく打ちつけ、その唇を塞ぐ。薄く口を開けてライルを待ち構える珪の舌に自分のそれを絡《から》めて、きつく吸い上げた。

何もかもが、たまらない。

まるで罠《わな》にはまっていくように、珪に溺《おぼ》れていく。

そう自覚しながら、ライルは珪の肩を押さえつける。そして、その肉襞《にくひだ》に向かってたっぷりと熱い欲望を解放した。

「……ほかに気持ち悪いところは？」

ライルの手で全身を拭き清められ、珪は気怠く首を横に振った。

そんなことまでライルにさせるつもりはなかったのだが、あまりに激しい交合のおかげで、腰を中心とした全身が痛み、珪は起き上がることもままならなかったせいだ。

連れ込み宿だけに小窓しかないが、開け放っていると潮の匂いが入り込んで鼻腔《びこう》を擽《くすぐ》る。

「どうしよう……」

「ん？」

「まだ、歩けないかもしれないです。躰が痛くて」

「歩かなければいいさ」

ライルはこともなげに言う。

「だって」

「ここにいるあいだは、英軍も襲ってはこないだろう。例の会談はまだ終わっていないらしいしな」

いつの間にそんな情報を集めていたのか、ライルはあっさりしたものだ。

「いつまでもいられないでしょう？」

「船が直るまではここにいるよ」

……そうだった。

珪が船を壊した一因なのだと、思い出す。

「──大事なことを聞きたいんだ」

「はい」

「おまえ、俺を好きか？」

「………」

珪は目を丸くする。

「それは、今朝言いましたよ」

ライルは明後日の方向を向いて、口籠もりつつ告げた。

「でもあれは、俺が言わせたみたいで……その……強制したみたいだろ」

まるで子供のように言い淀むライルは、もしかしたら、照れているのだろうか。

「おまえが欲しくて、逃がしたくなくて……つい、強引になったからさ」

いつも自信たっぷりで強引なくせに。

それがなぜかひどく可愛く思えて、珪はくすっと笑った。

「いいんです。あれくらいの荒療治じゃないと、僕も覚悟が決まらなかったし」

「そうなのか？」

「はい」

「よかった」

もっと難しいことをいろいろ考えようと思うのに、大きな掌で頬に触れられるとくすぐったくて、何もかも忘れてしまう。

引き寄せられると自然と彼に凭《もた》れるかたちになり、珪はライルの胸に耳を当てる。

「心臓の音、ちゃんとしますね」

「ああ。クロードに盗まれなくてよかったよ」

「本当です」

クロードのことを思い出し、珪の心はさすがに沈んでいく。

一度は流されてしまったけれど、問題が解決されたわけではないのだ。

「……だけどまだ父さんも見つかってない。父さんをどうにかしないと」

「もし、クロードでない魔術士が匿ってるのなら、下手に探さないほうがいいんじゃないか」

「どうしてですか？」

「おまえの父親が危険な研究をしていた可能性もある。人には使い切れない、世界を一気に変えてしまうような発明は、ないほうがいいかもしれないな」

「…………」

途端に暗い顔になった珪の髪を撫で、ライルは優しく囁いた。

「だけどおまえがそう願うのなら、何としてでもおまえの親父を探してやる。——どうする？」

考え込んだ珪が、口を開こうとしたそのときだ。

こつこつとドアを叩く音が聞こえ、珪はライルと顔を見合わせた。

このタイミングで……誰だろう？

ライルは手近にあった自分のズボンを穿くと、「誰だ？」とドアに向かって問いかける。

「私です、ライル」

ルカの声だった。

「どうした、何かあったのか⁉」

ライルが動揺するのも当然で、彼がすぐさまドアを開ける。

一つ咳払いをしたルカは、「珪に用事があるのですが」とさすがにばつが悪そうに告げて、二人に背を向ける。珪は急いでシャツを着てズボンを穿き、ややあって振り向いたルカのところによろよろと歩きだした。

「ルカ、あの……」

「まず、あの着物をくださるとのことですが、それは丁重に辞退します」

「え」

まさかそこから話が始まると思わなかったので、珪は目を見開く。

「ああ。こいつは今日から、おまえの補佐の見習いだ。当分船を下りないからな」

「結構です。それと、この電信を傍受しました。あなた宛のようですが、まったく意味がわからないので」

訝しげに思った珪が電信を開封すると、そこには何十桁という数字が並べられている。眺めているうちに、その数字の規則性に覚えがあるのに気づいた。

「父さんだ……」

「え？」

思わず日本語で呟いてしまったので、二人は不思議そうに顔を見合わせた。それに気づいた珪は、電信を大きく広げてライルに見せた。

「これ、父さんの暗号なんです」

「暗号なのはわかるが、どうやって読むんです？」

「日本語の発音に当てはめると簡単です」

五音図――日本語の音をいろはではなくアイウエオの五つの文字を基準に並べ替えたもののことだ。それにア行は一、カ行は二のように縦と横のそれぞれに一列ずつ番号を振る。そして、一つ一つの音を一桁目は子音、二桁目は母音の番号で二桁の数字として表すのだ。たとえば、アだったら11、イだったら12、コだったら25となる。法則性は単純だが、日本では文字を覚えるのはいろはが基本で、五音を使う者は謡曲などを嗜《たしな》む者くらいだ。つまり、とても単純だが気づかれにくい。そのうえ、日本語だとあらかじめ知っていなければ、ますます解読の鍵は見つからないだろう。

「何て書いてある？」

「わたしはげんきだ。さがさなくていい。またれんらくする」

短文の組み合わせだったが、珪は安堵に息を吐き出した。

まさかこうして、父が自ら連絡を取ってくれるとは思ってもみなかった。

おそらく彼は、クロードの動きから珪の居所を察知したのだろう。

「どうしますか、珪」

「……今は、探さないでおきます。あのクロードさんとか、関わると面倒臭そうだし」

「面倒臭いって……そのまとめ方はひどいぞ」

「だって」

つい本音が出てしまったと珪が舌を出すと、ルカは苦笑した。

「そうでしょうね。あの方は蛇のように執念深くて面倒臭い方です。その評価は大変、妥当です」

大きく頷いたライルは「だな」と相槌《あいづち》を打った。

「だが、手がかりだけは追わせておこう」

「できるんですか？」

「一応、英国にも手のものはいる」

「では、その旨を連絡しておきましょう」

一礼したルカが部屋をあとにしたので、残された珪は大きく伸びをする。

そういえば、一つだけ聞きそびれていたことを思い出す。

あんなに勲章をつけていたし、もしかしなくても、ライルは海軍でもかなり地位が高いのではないだろうか。

考え込む珪の表情に気づいたのか、ライルは笑いながら「どうした？」と聞いてくる。

「いえ、ライルってすごく偉い人なのかなって思って……」

「それなりに手柄は立ててるが、しがない傭兵だよ。それじゃ不満か？」

「まさか」

「よし」

珪の唇を、ライルの肉厚なそれが塞ぐ。その甘いキスにとろとろになって、躰が蕩けていきそうだ。

こんなキスをするなんて……本当に、ずるい。

「安心しろよ、珪。おまえのためならどこへだって行ってやる」

たとえ七つの海の果てであっても、そこよりもずっと遠くでも。

気障《きざ》な台詞に我ながら照れたのか、ライルがそこだけ早口になったのがおかしくて、珪は笑いながら「はい」と答えた。

あとがき

こんにちは、和泉桂です。

このたびは『七つの海より遠く』をお手にとってくださってありがとうございます。

今作の舞台は産業革命後の蒸気機関がものすごく発達した世界で、パラレルワールドな時代ものです。難しいことを考えないで楽しんでいただけるような、ゆるいスチームパンク風ファンタジーを目指しました。なので、あまり凝ったモチーフも出てきません。ただ、「蒸気機関が発達した便利な明治っぽい時代」と思っていただければ問題ありません（笑）。そもそも私自身が海洋ものを書けるほど海や船について詳しくないですし、蒸気機関なども完全に架空設定なので、そのあたりは皆様にも積極的に目を瞑っていただきたいです。

最初は現代ものを書くつもりだったのですが、どうせならコウキ。先生のイラストで見たいものを書こうという欲望が炸裂して、こんな不思議なテイストの作品になりました。いつもは時代ものだとずっしり重めになるのに、舞台設定とキャラクターのおかげで今回は薄暗さ成分はかなり控えめです。自分が楽しみすぎて、読者の皆さんを置いてけぼりにしているのではないかと、そればかりが心配です。

表紙のプロフィールを書いたときはどんなジャンルとして表現するか悩んでいたのですが、

こうしてすべての作業が終わってから考えると、パラレルって書けばよかったんだな、と腑《ふ》に落ちました。

メインの二人は私にしては書きやすく、楽しい組み合わせでした。ライルがあまり陰のないタイプなので、自分でも珍しいなあと思いました。また、やはり歳の差ものは大好きだと書いていて実感しました。

脇キャラクターでお気に入りは、何といってもアンブローズです。そしてもちろん、ノエも。ちびっ子二人は想像以上にずっとキュートに描いていただけて、ラフを拝見したときはすごく昂奮しました。

そういえば、ルカという名前は無意識で出てきて、今回で二度目になります。またどこかで使ってしまいそうな気がします。

そしてリベルタリア号や軍関係の設定は、もちろん完全に捏造《ねつぞう》です。折角《せっかく》なのでだいぶはっちゃけておりますが、いろいろ目を瞑《つぶ》って楽しんでいただけますと幸いです。

素敵なイラストをたくさん描いてくださったコウキ。様、どうもありがとうございました。可愛い漫画をいつも拝読していたので、挿絵をお願いできてとても嬉しかったです。コウキ。先生の描かれるちびっ子があまりにも可愛いので、今回も頑張って出してみました。たくさんのキャラクターを生き生き描いていただけてとても幸せな一冊になりました。
相変わらず気ままなのですが、最後までおつきあいくださった担当O様、そしてアシスタントをしてくださったA様、お二人ともお忙しい中をありがとうございました。編集部と関係者の皆様、そして何よりもこの本をお手に取って下さった読者の皆様にも厚く御礼申し上げます。

それでは、また次の作品でお目にかかれますように。

和泉　桂

主要参考文献　※順不同
『蒸気船』　田中航著（毎日新聞社）
『海賊事典』　リチャード・プラット著　朝日奈一郎訳（あすなろ書房）
『船の百科』　エリック・ケントリー著　英国国立海事博物館監修（あすなろ書房）

「ねえ、ライル」

ライルの裸の胸はあたたかいけど、不思議と暑苦しくはない。そのうえこうして一日一緒にいても、飽きたりしない。ただ、こんな風にずっとライルに見つめられているのは、珪《けい》も少しばかり面映《おもは》ゆい。行為が終わったあとの気怠《けだる》い時間に照れ隠しに話しかけると、ライルは「ん？」と反応を示した。

「今回の目的地って、英国ですよね」

「ああ」

「僕、もしかしたら英国に行ったら捕まるんじゃないかと思って……」

「船の上にいる限りは大丈夫だろう。リベルタリアがアメリカの戦艦っていうのは、もう隠せないからな。英軍が無理に押し入れば国際問題だ」

あっさりと答えるライルの言葉に、珪は安堵の息を吐いた。

カリカルに留まって三日目。リベルタリア号の補修は、まだ終わってはいない。ルカはどうせならこの地で新しい商談をまとめられないかと昨日から奔走し、ノエを助手代わりに連れ出していた。本来ならばルカの補佐となった珪が一緒に行くべきではないかと思うが、ライルが航海が始まったら二人きりになりづらいと反対したのだ。

「あと、僕……じつはパスポートがないんです」

「そういや、サンライズ号が沈んだときになくしたんだったな。作ってやるよ」

「え」

「だから、作るって言ったんだ」

信じ難い発言に、珪は目を丸くする。それがおかしいのか、ライルが破顔した。

「ノエの分も、ルカが作ってやったんだ。あいつ、手先が器用なんだよ」

「知らなかった……ルカってすごいんだ」

「だからおまえは安心して、どーんと構えてろ」

ライルは自分のことのように得意気だ。

「大船に乗ったつもりでいろってことですね」

「どういう意味だ？」

「日本のことわざです」

「へえ。そういえばおまえ、よく日本語が混じってるもんな。俺の腕の中でも可愛く……」

ライルが妙なことを言いかけたのに焦り、珪は思わず彼の口を自分の掌で塞ぐ。

すると物言いたげに彼が珪の手を引っ搔いたので、そっと手を外した。

「悪かった。おまえの日本語の喘《あえ》ぎが可愛いっていうのは、口に出さないようにする」

「思いっきり出してますけど」

不思議だ。あんなに怖かった英国行きなのに、ライルがいると思うとそんなに怖くない。それに、あの暗号を受け取ったら父が生きていると素直に信じられた。罠《わな》とか偽装かもしれないけれど、救い出すにしても、ライルと一緒なら何でもできる気がする。

「そうだったな」

ライルの華やかな笑顔を見ていると、毒気を抜かれて珪は「もう」と呟《つぶや》く。

「どうした?」

「ライルって、不思議です。なんだか……怒る気持ちがなくなっちゃう」

「それはおまえが俺を好きだからだろ」

「そうじゃなくても、すごいと思うはずです。ライルは男らしいし、度量も広いし……僕は絶対にライルみたいになれない」

「いくら俺がいい男だって知ってても、自分で自分に惚れるナルシストにはなれないよ」

ライルはくすっと笑い、珪の頬にキスをする。

「ま、自分は神に愛されてるって思うけどな」

「そうなんですか?」

「ああ。俺はものすごく運がいいんだ。その証拠に、海の中からおまえを見つけただろ?」

絶対に不可能かもしれないような場面で出会うことができたのは、確かにとても幸運なのかもしれない。

「はい」

「俺が選んだのが、おまえなんだ。だから自信を持て」

「頑張ります」

珪が頬を染めて答えると、ライルは「よし」と頷いた。

「明日には出発だから、おまえとべたべたできるのもそれまでだ。船の上では、さすがにみんなに悪いし不謹慎だからな」

「そうですね」

「少しは淋《さび》しいか？」

ライルが珪の顎を持ち上げたので、真っ向から彼を見つめる羽目になる。

「いえ」

「だめだな、そこは淋しいって言うところだろ」

「だって、ずっとライルと一緒にいられるから……それだけで幸せです」

「おまえは本当に、素直でいいな」

微笑したライルが、珪の頭を髪がくしゃくしゃになるまで撫《な》でる。はじめはそうされるだけでこそばゆかったけれど、さすがに今は少しだけ慣れた。

「……あ、そうだ。おまえ、ルカの補佐になっただろ。もう一つ、役職をつけてもいいか?」

「構わないけど、愛人はちょっと……」

さすがに響きが悪すぎるし、ノエの教育にだってよくない。そう思って言い淀《よど》む珪の耳許に、ライルが唇を近寄せた。

「恋人だよ」

熱っぽく告げたライルが、びっくりして硬直する珪の頬に軽くくちづける。

「おまえは俺の恋人だ。それはどうだ?」

「嬉しいです」

はにかんだように笑う珪を見つめ、ライルは誇らしげな表情になる。自分が彼にこんな顔をさせているのであれば、それもまた嬉しい。

誰かを好きになると、嬉しいことや幸せなことが増えていくのだ。

そんな甘い喜びに満たされた珪は、手を伸ばしてライルの首にしっかりと抱きついた。

✦初出　七つの海より遠く……………書き下ろし
船長の恋人……………書き下ろし

和泉桂先生、コウキ。先生へのお便り、本作品に関するご意見、ご感想などは
〒151-0051 東京都渋谷区千駄ヶ谷 4-9-7
幻冬舎コミックス　ルチル文庫「七つの海より遠く」係まで。

RB 幻冬舎ルチル文庫

七つの海より遠く

2012年8月20日　　第1刷発行

✦著者	和泉　桂　いずみ かつら
✦発行人	伊藤嘉彦
✦発行元	株式会社 幻冬舎コミックス 〒151-0051 東京都渋谷区千駄ヶ谷 4-9-7 電話 03(5411)6432[編集]
✦発売元	株式会社 幻冬舎 〒151-0051 東京都渋谷区千駄ヶ谷 4-9-7 電話 03(5411)6222[営業] 振替 00120-8-767643
✦印刷・製本所	中央精版印刷株式会社

✦検印廃止

ISBN978-4-344-82591-8　C0193　Printed in Japan